初恋のお義兄様に激愛を刻まれ、禁断の夜に赤ちゃんを授かりました

m a r m a l a d e b u n k o

黒乃 梓

マーマレード文庫

初恋のお義兄様に激愛を刻まれ、禁断の夜に赤ちゃんを授かりました

初恋のお義兄様に激愛を刻まれ、
禁断の夜に赤ちゃんを授かりました

プロローグ

「ねー。雅は誰かいい人いないの？　好きな人とか」

高校に入学して初めての夏休み、電気代の節約と称して私の部屋だけエアコンをガンガン効かせて、二歳上の姉とお互いの学校生活について他愛ない会話を繰り広げていた。姉と私は高校が違うので、その違いについて盛り上がる。その最中、姉がふと尋ねてきた。姉妹で恋バナをするのも珍しくない。とはいえいつも私は聞き役だ。

高校生になったんだから、と続ける姉の表情は興味津々そのもので、言葉に詰まる。

「い、いないよ」

「えー。なにそれ。絶対いるでしょ！」

屈託なく笑う姉の名は静。地元では有名な私立高校に通い、可愛いと評判のブレザーの制服は彼女によく似合っていた。ベストやリボンで個性とおしゃれをほどよく楽しみ着こなす姉に対し、私の高校は中学に続きセーラー服だ。

地元の公立高校に入学して成績はそれなりに上位を保っている。我ながら真面目で、校則を守ったスカート丈は、やぼったく感じるか感じないかのギリギリラインだ。

姉妹なのに雰囲気や好みは正反対で、けれど姉妹の仲は良好だった。なにかを取り合ってケンカした記憶はない。ぱっちり二重瞼の姉を奥二重の私は何度も羨ましく思った。顔だけじゃない。美人で賢く、溌剌とした姉が昔から私の憧れで大好きだ。

　そのとき部屋にノック音が響き、私たちの注意はそちらに向いた。

「ふたりとも盛り上がっているみたいだが、そろそろ下に下りてこい」

　声をかけてきたのは七つ年上の兄、志貴だ。大学四年生の彼は地元の国立大学に進学し、大手ＩＴ企業にすでに就職を決め今は卒業論文の制作に精を出している。

「はいはい」

　姉はつまらなさそうに返事し、兄とは目を合わさず部屋を出ていく。図らずとも兄とふたり取り残される形になり、私は彼に尋ねた。

「由貴くんは、やっぱり来られないって？」

「バイトと実習が入っていて難しいらしい」

　肩をすくめ、志貴はあきれた口調で返してきた。由貴は私より四つ上の兄で、この春から専門学校に進学し、ひとり暮らしをしている。

「そっか。相変わらず忙しいんだね」

　今日は両親の結婚記念日で、この日は家族みんなでお祝いするのが昔からの決まりだ。けれど子どもたちが大きくなってくると、全員揃うのも難しくなるのかもしれない。

佐生(さそう)家は四人の子どもがいて、私は兄ふたりと姉ひとりを持つ四人兄妹の末っ子だ。

「雅」

エアコンの電源を切ってリモコンを置くと志貴に呼びかけられる。

「まだ入学祝いをしていなかったな。なにか欲しいものはあるか?」

まさかそんな申し出とは思わず、兄の問いに目を瞬かせる。

「いいよ、そんな」

ふいっと視線を逸らし、私も彼の横を通り過ぎようとした。

「そう言うなって。甘えられるときは甘えておいた方がいいぞ」

ところが頭に手を置かれ、志貴は優しく笑いかけてきた。きっと彼に他意はない。

姉のときも同じようにしたのだろう。

「じゃあ、デートして。ほら、あの新しくできた水族館。そろそろ人も少なくなってきたと思うし、ずっと行ってみたかったの!」

極力、したたかさを装って答える。彼の目に兄を利用する生意気な妹に映るように。

ここで困惑顔がさっきのようにあきれを含んだ表情になればいい。

「わかった。いつにする？　雅の都合に合わすよ」

しかし私の願いもむなしく、志貴は嬉しそうに微笑んだ。その表情に胸をときめかせ、苦しくなる。動揺を悟られないようにして兄に続き、下の階に向かった。

姉はすでに食卓についていて父と盛り上がっている。私はキッチンに顔を出し、母に手伝いを申し出た。

料理上手で明るく朗らかな母と背が高く物腰柔らかい父。どこにでもある仲のいい家族だ。

けれど姉は、兄の志貴に対してだけはいつも素っ気ない。異性の兄妹ならそんなものなのかもしれない。けれど、その理由を私は知っている。

だからこそ私は壊さないようにしないと。

『ねー。雅は誰かいい人いないの？　好きな人とか』

さっきの姉の問いかけに対し、おそらく本当のことは一生言えない。

私は兄の志貴が好きなんだって。

第一章　誰にも言えない想い人

うだるような暑さが続く八月。今日は久しぶりに曇っていて、連日に比べると気温の上昇はわずかに抑えられている。それでも暑いのには変わりないが、私の心は弾んでいた。

社会人二年目となった夏、今日は久しぶりに高校時代の友人ふたりと会う約束をしている。待ち合わせはいつも多くの人で賑わっている人気のカフェで、なかなか足を運ぶ機会がなかったのだが、せっかくだからと夏美が予約してくれたのだ。

用事があって少し遅れたが、先に座っているとメッセージが送られてきていたので迷わず店内に入り奥に突き進む。癒し系のオルゴール曲が喧騒に掻き消されそうになる中、窓際の一番奥の席で向かい合って座っているふたりを見つけた。

「夏美、香帆。遅くなってごめん。夏美、予約ありがとうね」

声をかけながら近づくと、ふたりが笑顔で手を振ってきた。高校の頃からずっとショートカットの夏美はグレーのサマーニットにデニムパンツを合わせシンプルな分、大ぶりのスイングピアスとお揃いのネックレスが目を引く。香帆は花柄のワンピースに白のカーディガンを羽織り、相変わらずおっとりした雰囲気によく似合っている。

　私はというと、ネイビーのレースブラウスに白のプリーツスカートを組み合わせ、黒に近い茶色の髪は毛先を少しだけ巻いた。昔からフェミニン系のコーディネートが好きなのだが、二十三歳となった今、極力大人っぽく見えるファッションを心がけている。

　元々童顔で、メイクも必要最低限なのでどうしても年齢より下に見られがちだった。身長が一五四センチとやや低めなのもおそらく理由のひとつに違いない。

　兄や姉はみんな背が高いのに、どうして私だけ低いのかと何度も思った。

「やっほー。先に注文しているから」

「これメニュー」

　夏美と香帆の言葉をそれぞれ受け、私は奥に座る香帆の隣に腰を下ろした。通りかかった店員に声をかけ、ふたりと同じくケーキセットを注文する。ホットかアイスかで悩んだが、アイスティーを選ぶ。

　私は地元の国立大学に進学したが、夏美と香帆は県外の大学に進学した。帰省した際にたびたび会ってはいたが、全員が地元で就職を決め大学時代よりも会う頻度は高くなったかもしれない。夏美は化粧品会社、香帆は銀行に勤めていて私は食品メーカーの営業事業部で働いている。大学に続いて社会人になってからも私は実家暮らしを続けているが、もう少し仕事に慣れてお給料が上がったら一人暮らしをしたい。

近況報告から仕事の愚痴と話題は尽きなかった。ひとしきり盛り上がり、不意に夏美に問いかけられる。

「そういえば、雅。この前紹介した公務員の彼とは、結局どうだった？」

そこでほぼ飲み終えたアイスティーのグラスを持ったまま私は硬直した。夏美から視線を逸らし、目を泳がせた後正直に答える。

「えっと……二回会ったんだけれど、それっきりで……」

汗をかいたグラスをコースターに戻すと、溶けた氷がからんと音を立てた。おずおずと白状したら案の定、夏美が目を剥く。

「また？ あんな優良物件なかなかいないわよ!? どのレベルの男を求めているの、あんたは！」

予想通りの反応を示され、言葉に詰まる。

「まぁまぁ。最初から向こうの方が乗り気だったんでしょ？」

さりげなく香帆が夏美をなだめる。しかし夏美は納得しなかった。

「そうかもしれないけれど……雅だって『彼氏欲しい。なんなら早く結婚したい！』

って何度も言ってたじゃない」

「そう、だね」

その発言は事実なのでまったくもって申し開きできない。

恋人が欲しいのも、早く結婚したいのも本心だ。けれど私はまったく浮いた話ひとつないまま、高校はおろか大学まで卒業してしまった。

そんな私を気遣って夏美を始め友人たちが異性を紹介してくれたり、職場でも何度か他部署との交流という名の合コンにも誘われた。でも結果はいつも同じで交際まで発展した相手はひとりもいない。

今回、夏美から紹介された高木さんは真面目で優しく、ふたりで会っても不快な思いなどまったくしなかった。向こうもそれなりに私を気に入ってくれたのも伝わり、二回目のデートも楽しく過ごせた。

それなのに、どうして次がないのか。おそらく原因は私にある。

「しょうがないよ。雅にはあーんなイケメンなお兄さんがふたりもいるんだもの。そこらへんの男じゃねぇ」

香帆から冗談交じりにフォローされ、心臓が跳ね上がった。香帆はニコニコと軽快な口調で続ける。

「お兄さんたち、まだ独身？　恋人いないなら紹介してほしいくらい。雅と義理の姉妹なんて楽しそう」

どこまで本気で言っているのか。たしかに兄はふたりともまだ結婚していないが、恋人の有無までは知らない。

「兄が妹の恋愛のハードル上げているなんて皮肉よね」

夏美がしみじみと呟く。私はふたりに対してなんて答えたらいいのか困惑していた。

昔から夏美と香帆のことを親友だと思っているし、信頼もしている。けれど私が諦めきれずに想い続けている人がいるのを、ふたりにはずっと言えずにいた。

学生の頃や社会人になってからも、幾度となく打ち明けようと試みた。でもいざとなると、ふたりにどう思われるのか以上に、自分の気持ちを口にするのが怖くてできていない。想いを寄せている相手が相手だし、けっして報われない恋だ。

でも今回みたいに、異性を紹介してもらって向き合えないのなら、相手の男性に対してはもちろん、私のために動いてくれた夏美や香帆にも失礼だ。

やっぱり、ちゃんと言わないといけない……よね。

そのとき夏美がカッと目を見開き、私の方に身を乗り出してくる。

「でもどんなにイケメンでも兄はだめでしょ！　雅は現実を見なさい、現実を！」

出端をくじかれ、真剣に諭してくる夏美に圧倒されていると香帆が答える。

「えー、なんで？　いいじゃない。この際、お兄さんふたりのどちらかは？」

あっけらかんと返す香帆に目が点になる。すると香帆は私の方に顔を向け、ニヤリと微笑んだ。

「だってお兄さんふたりとは血がつながってないんでしょ？」

頭が真っ白になる。もしかし気づかれている？　目を瞬かせて香帆の顔をじっと見つめていると、彼女の向こうのガラス越しによく知った人物が立っていた。

「……お兄ちゃん」

私の呟きに香帆はがばりとうしろを振り返り、夏美も視線を送った。そこにはガラス越しにこちらに手を振る兄、志貴の姿があった。

すらりと背が高く、二重瞼の大きな瞳にすっと通った鼻筋。均整の取れた顔立ちはぱっと目を引く。艶のある黒髪はいつも無造作なのに彼に馴染んで綺麗にまとまっていた。

サマージャケットにテーパードパンツの組み合わせはシンプルだけれど清潔感があって、彼によく似合っている。

ゆるやかに上げられた口角は穏やかな印象を相手に与え、それでいて気さくな雰囲気も合わさり、芸能事務所のスカウトや雑誌のストリートスナップに声をかけられた経験は一度や二度ではない。男女ともに友人が多く、志貴の周りにはいつも誰かがいた。

新卒で入社した大手IT企業に勤め続けていて、今はプロダクトマネージャーの立場にいるらしく、責任や仕事量もかなりのもので、なかなか忙しいらしい。

プロダクトを成功へ導くためには、技術面での知識や経験はもちろん、分析力や判断力をもって進行していく局面にその都度向き合わなければならないそうだ。

先を見越して、多種多様なステークホルダーとやりとりしながら、交渉やディレクションをするのは、高いコミュニケーション能力も必要になってくる。

それをものともしないのが彼らしい。私の与り知らない苦労はたくさんあるにしろ、本人や両親から聞く限り、職場でも慕われているようだ。きっと相変わらず異性にもモテているのだろう。

今も私たちのテーブルの前後に座る女性客や店内で目立つ容姿の兄に気づいた人たちが、ひそひそと彼を盗み見して黄色い声をあげていた。

我に返った私は慌てて財布から自分の支払い分のお金を取り出し、夏美に預ける。

「ごめん。私もう行くね」

「あ、今日はご両親の結婚記念日だっけ？」

最初に切り上げる時間を告げていたので、夏美も香帆も納得した面持ちになった。

「そうそう。家族でお祝いなの」

「相変わらず仲いいよねー」

そう言った後、香帆はガラス越しに志貴に向かって頭を下げる。すると兄はにこりと微笑み軽く頭を下げた。その所作に珍しく夏美も見惚れている。

「雅、もしよかったらお兄さんが恋人いないかどうか本当に聞いておいて」

席を立った私に、香帆が改めて告げてきた。私はイエスともノーとも言えず苦笑する。バタバタとふたりに挨拶をしてカフェを出ると、志貴が入口の方に歩を進めているところだった。

この後家族で食事に行く予定になっていて、ちょうどこちらに用事があった志貴は終わったら迎えに行くと言ってくれた。断る選択肢もあったが彼にその段取りを強く押され、私は了承したのだ。

夏美と香帆とは十分に話したし、切り上げるいいきっかけにはなったと思う。

「悪かったな、友達と楽しんでいるところ」

「ううん。ありがとう。でも、連絡くれたらそこまで行くのに」

いちいち車を停めてなくても、近くまで来て連絡をくれたらそこまで向かうといつも言っているのに、彼は絶対私を直接迎えにくるのを譲らない。

過保護とでも言うのか。おそらく今回も近くのコインパーキングにわざわざ停めたに違いない。

「いいよ。俺が雅を迎えに行きたいんだ」

志貴と向き合い、改めてその姿に心をときめかせる。彼と会うたびにこうだ。

ああ、だめだ。諦めないといけないのに。

伏し目がちになり唇を噛みしめる。

『しょうがないよ。雅にはあーんなイケメンなお兄さんがふたりもいるんだもの。そこらへんの男じゃねぇ』

さっき香帆が、私が恋愛できない理由を冗談交じりに指摘したが、あながち間違ってはいない。私が恋愛に対して踏み出せないのは、もう何年も兄の志貴に対して想いを寄せているからだ。どこまでも不毛で望みのない恋。妹として兄に抱く感情としては間違っている。

けれど厄介なのは、私たちに血のつながりがないことだ。これを幸運と捉えるのか、不幸だと感じるのか、私には判断できない。

我が家はいわばステップファミリーだ。私が三歳の頃に母の再婚相手である男性の息子の志貴と由貴、母の子である姉と私はふたりの再婚でひとつの家族になった。

そのときの記憶はたしかにあるのだが、幼かったからか本当の父親の記憶がほぼないに等しいからか、新しく父と兄ふたりができるのに、あまり抵抗は感じなかった。

ごく自然に両親が揃っていて兄ふたりと姉がいる環境の中で育っていったと思う。

問題なのは、私が兄の志貴が大好きだということだ。

七つ年下の妹を、彼は存分に甘やかし大切にしてくれた。

母に叱られたときも、友達とケンカしたときも、まずは私の言い分を聞く姿勢を取る。だから彼の話は素直に聞けた。私の一番の味方だと思っている。

誕生日や進学祝いなどは欠かさないし、希望を口にしたらいつも叶えようとしてくれる。それは変わらず、私の中で彼以上に素敵な男性は今も昔もいない。

昔はよく志貴の後を追って、『お兄ちゃんと結婚する！』と本人にも周りにも宣言していた。今、思い出すと顔から火が出そうになる。

もちろん本気にされるはずもなく、子どもの戯れ言として受け取られていただろう。実際、それで済んでいたら、ただの恥ずかしい過去で終わった。

ところがこの想いは私の中から消えず、逆に成長するにつれ志貴に対する気持ちはただの憧れではなく異性としての好意に変化していったのだから難儀だ。

とはいえあまりよろしくはないが、香帆が言ったように血がつながっていない以上、私が兄を想ってもそこまで道徳的に非難されるほどではない。

けれど私の想いが報われる日は絶対に来ない。淡い期待を抱いたときもあったが、中学一年生の冬に兄と姉のやりとりを偶然聞いてしまった日から、その可能性はゼロだと知った。

あのときが志貴への想いを断つチャンスだった。憧れで片付けるのがお互いのためだったのに、私は余計に彼への想いをこじらせていく。志貴が私を可愛がるのも優しくするのも、すべては妹だからとはっきりしたにもかかわらずにだ。

だから私の気持ちは彼本人との関係はもちろん、下手すると家族関係にもヒビを入れてしまうかもしれない。

それだけは嫌だ。壊してはいけない。せっかく二十年近く家族として仲良くやってきたんだから。

しばらくして屋外にある有料駐車場にたどり着くと、見慣れた青い車が目に入る。フランスメーカーのものでこのフォルムが私も気に入っている。

「お兄ちゃんは……その、恋人とかいるの?」

「どうした、突然」

車の助手席に乗り、運転する彼に思い切って切り出した。目線は前を向いたままだが、声から驚いているのが伝わってくる。

心臓がやけにうるさい。自分からこういった話を振るのは、やはり緊張する。私の気持ちがバレたらどうしようという不安で。

「友達に聞かれて……」

しかし今日は大義名分があった。香帆に尋ねられた質問をスライドしているだけだ。どんな回答でも受け入れる覚悟はしている。

「俺より雅はどうなんだ？　付き合っているやつはいないのか？」

しかし返ってきたのは答えではなく質問だった。

「あいにく、そういった浮いた話はひとつもないの」

ふいっと窓の方に顔を向けた。うまく話をはぐらかされてしまい、ここで食い下がるべきか迷う。

いたとしてもやっぱり身内には言いづらいのかな？

そこで手のひらの感触が頭に乗った。振り向くと信号待ちになったからか、志貴が困惑気味に笑いかけていた。

「俺もだよ。雅の方が先にお嫁に行くんじゃないか」

「それはありえない」

反射的に答えたのは、前者に対してか後者についてなのか。学生の頃、彼が何度か告白されている場面に遭遇した。家までやって来て想いを伝えた同級生、バレンタインチョコを渡しに来た後輩。彼女だってそれなりにいたと記憶している。

志貴がモテないとは考えられない。けれど額面通り受け取った私は、彼の回答に安堵感で胸がいっぱいになる。

諦めないと、と思う一方でやはり兄を想う気持ちは止められない。

「ありえなくはないだろ。静だってさっさと結婚したんだから」

そこで先ほどの私の切り返しを後者だと受け取った志貴が、おかしそうに返してきた。彼の口から姉の名前が紡がれ、一瞬顔が強張る。

姉の静は大学を卒業して比較的すぐに大学時代に付き合っていた相手と結婚した。姉のウェディングドレス姿は素敵で、幸せそうな姉に私も結婚に対する憧れを膨らませていった。その反面、式の間はずっと姉に対する志貴の反応が気になってしょうがなかった。

「お兄ちゃんは……早く私が結婚した方がいい？」

打って変わってぽつぽつと小声で尋ねる。

「いいや。これぱかりはタイミングだからな。ただ、雅はずっと早く結婚したいって言っているから」

おそらく志貴は姉の結婚に影響を受けて言っていると思っているのだろう。けれど本当は結婚願望云々ではなく、早く彼を諦めたいからだ。志貴よりも好きな人を作りたい。そうやって結婚したら本当に兄妹として、これからも付き合っていけると思っているから。

友人にも結婚したい旨や恋人が欲しいと公言しているのだが、いい人を紹介してもらっても、結局はうまくいかない。どうすればいいんだろう。

軽くかぶりを振って思考を切り換える。

「どうする？　私がお兄ちゃんから見て、ろくでもない男性を結婚相手として連れて来たら？」

わざとユーモアを含めて明るく問いかける。彼はなんて答えるのか。

たぶん、心配はするけれど私の選んだ人なら強く反対はしないって言うんだろうな。なんだかんだで最後はいつも私の意思を尊重してくれるから。どんな相手でも、兄として祝福してくれるに違いない。

「反対する」

ところが、兄の性格から予想していたものとは正反対の言葉が飛び出し、思わず彼を二度見する。志貴は相変わらず前を向いたままだ。

整っている横顔をじっと見つめていたら、彼は続ける。

「たとえ雅に嫌われても反対する。雅を幸せにできない男に、雅を渡したりしない」

迷いなく紡がれ、目を見開く。すると、こちらにちらりと視線を寄越した彼と目が合った。

「お、お兄ちゃん。父親じゃないんだから。そんなこと言ったら私、いつまでも結婚できないよ」

あえて明るく返し、うつむいた。意識せずとも鼓動が速くなり、頬が熱い。

勘違いするなと、もうひとりの冷静な自分が訴えかけてくる。過保護なのは相変わらずだ。あくまでも兄として、身内としてなのに動揺が隠せない。

私が彼を諦められないのは、きっと私だけのせいじゃない。途中で両親のために予約していた花束を受け取り、実家に戻った。

玄関には見慣れない男物の靴があり、逸る気持ちで慌ててリビングに急ぐ。

「由貴くん、久しぶり！」

「おー、雅。髪伸びたな。元気してたか？」

　佐生家次男で私より五歳年上の兄、由貴。専門学校を卒業して美容師となり、今ではオーナーとなって自分の店を経営している。いくつかの美容師のコンテストで入賞し、彼の腕とセンスのよさは折り紙付きだ。

　おまけに顔もよくて話し上手なので、雑誌やテレビで取り上げられたこともある。その効果もあってか、いつも店には多くのお客が訪れていて、経営者の立場でもある由貴とは忙しくてなかなか会えないでいた。

　今日は久々に帰ってくると聞いていたので、会うのを楽しみにしていたのだ。白のインナーにストライプ柄の襟付き半袖シャツを羽織り、細身のジーンズを合わせてすっきりまとめている。茶髪と金髪の中間のような髪の色はぱっと目を引いた。ワックスで毛先を遊ばせ、軽すぎず重すぎない印象を与えている。

「また髪染めたの？」

「これは色抜いた」

　私の疑問には端的な回答があった。それにしてもいつにも増してリビングが寒い気がする。おそらくエアコンの設定温度を彼が弄ったに違いない。昔から暑がりで、よく設定温度で揉めたのを思い出す。

リモコンを探していると、志貴が顔を出した。

「由貴。もう来ていたのか」

「おっ、兄貴も久しぶり！」

このふたりも会うのは久しぶりになる。雰囲気はまったく違うけれど、こうして一緒にいるのを見ると、やっぱり血のつながった兄弟だと実感する。どちらも背が高くて端整な顔立ちは、お父さん譲りだ。

「相変わらず忙しいみたいだな」

そう言いながら志貴は棚からエアコンのリモコンを取り出してくる。続けてそこに表示されている数字を見て、眉をひそめた。

「設定温度、低すぎだろ。もうちょっと上げろ」

「俺は暑いんだって」

「雅が体を冷やす」

志貴の回答に目を瞠ったのは由貴だけではなく、私もだった。

「相変わらず兄貴は雅ファーストだなぁ」

ニヤニヤとからかい交じりに返す由貴に対し、私はなんて言っていいのかわからない。志貴は大して気にも留めていないが。

父と母が帰宅してから出かける予定なので、まだ少し時間がある。ふたりは職場を通じて出会い、今も部署は違うが同じ会社で働いていた。

そんな両親の結婚記念日に、毎年値段はやや高めだが、両親の共通の知り合いが経営している小料理屋を予約して足を運んでいる。私たち兄妹を親戚の子どものように可愛がってくれ、会うたびに大きくなったわねとしみじみ呟かれる。

ただここ数年は兄妹全員が揃う機会はなかなかない。今年は姉が不参加だ。

「ま、遠方に嫁いだらなかなか帰ってこられないだろうな」

由貴が姉の静についてしみじみと呟く。そういえば彼と姉が一番会っていないのではないか。姉の結婚式には参列したが、ほとんど話せなかったし。

自然と兄妹三人でテーブルにつき近況や思い出などを語り合う。こういった時間は久しぶりだ。

「にしても、雅がもう社会人なんて、なんか信じられないよな」

テーブルに肘をつき、由貴がこちらに視線を向けながら呟いた。それに志貴も同意を示す。

「そうだな。この前、大学に入学したばかりだと思っていたらあっという間だ」

「ふたりとも、自分じゃなくて私で時間の経過を実感するのはやめてくれる？」

ムッとした口調で返す。

まったく。由貴はともかく、志貴にとって私のイメージは一体いくつで止まっているのか。とっくに成人して社会人になった。

いつまでも子ども扱いするのはやめてほしいのに。

「しょうがない。社会人になると変化が少なくて、自分の年齢さえ忘れそうになるんだよ。心配しなくても雅もそのうち、そうなるって」

つい暗い顔をしてしまう私に、あっけらかんとした由貴の言い分が飛んできた。

「そんな心配していない」

「雅、仕事はどうだ？」

律儀に言い返した私に、今度は志貴から優しく問いかけられる。

「うーん。まだまだ覚えることばっかりで、大変だけれど仕事自体は嫌じゃないよ。ただ、すごく希望した会社ってわけでもないから、向いているのかはよくわからない」

就職説明会で会社のコンセプトや今後の展望などの説明を聞き、なんとなく惹かれて、採用試験を受けるのを決めた。内定をもらったときは嬉しかったけれど、どうしても目指していた業界や職種というわけではないから、なんとも言えない部分もある。

「お兄ちゃんも由貴くんもすごいね。自分の希望した職業にちゃんとついて、今もずっと頑張っていて」

働き出して、改めて両親や兄、姉に対する尊敬の気持ちが大きくなった。

苦笑する私に志貴は真面目な面持ちになる。

「結果的にそうなっているだけで、雅が思うほど立派なものじゃないさ。いいんだよ、憧れや理想を抱きすぎて、そのすれ違いに苦しむ場合もあるから雅くらいの気持ちで仕事に臨んでいたら」

「そう、かな?」

志貴の言葉にすっと胸が軽くなる。我ながら単純だとは思うけれど、やっぱり私にとって志貴は特別だ。こうして彼に何度も救われる。

「そうそう。俺もまさか自分でサロンを経営する側になるなんて思いもしなかったし。仕事をしながら自分の意外な才能に気づくとは」

続けて、わざとらしくため息をつく由貴についツッコんでしまいそうになった。しかし事実なのでなにも言わずに聞き流す。美容師としての腕はもちろん、経営しているサロンもうまくいっているのだから、十分にすごい。

「でも実際、働いている中で、女性の方が結婚や出産といったライフイベントに左右される部分が多いからな。夫の転勤で辞めていったり、そういうケースを見ていたら大変だと思うわ」

夏美や香帆と会ったときもそんな話になったのを思い出す。今すぐ予定がなくても、いずれ結婚したときに産休や育休は取得できるのか。職場復帰はしやすいかなどは女性としては気になるところだ。

私はどうなんだろう。いつか志貴以外の人を好きになって、結婚できる日が来るのかな。私の勤めている会社は比較的、そういった制度が整っているらしいが。

「で、雅は結婚願望があるわりに、彼氏のひとりもできず過ごしているのか？」

不意に由貴が尋ねてきたが、その言い方はどう考えても悪意がある。けれど否定もできない。

「そんな言い方ないでしょ。こればかりは縁だしタイミングというものが……」

唇を尖らせ、精いっぱい不満を表明するものの最後は言いよどむ。するとなにを思ったのか、由貴がうんうんと納得したように頷いた。

「ま、こんないい男が兄としてそばにいたら男を見る目が自然と厳しくなるよな」

「自分で言う？」

私は思わず噴き出した。ちなみに彼の言う〝兄〟はおそらく自分のことしか含んでいない。お調子者とでもいうのか、由貴のこういった性格は昔からだ。志貴もあきれ顔で彼を見ている。

「そういう由貴くんはどうなの。誰かいい人いないの?」

話題を逸らすため半分、興味半分で今度は私が質問する。香帆にも聞かれていたし。

彼なら寄ってくる女性に不自由はしなさそうだ。

「それがいないんだよな。そもそも彼女とか恋人とか面倒で」

「由貴くん、忙しいもんね」

外見や性格から、どうしても異性関係も派手そうな印象を受けがちだが、そこは兄の志貴同様、誠実で真面目だ。中途半端に付き合ったりしない。由貴は頭を掻きながらため息をついた。

「でも結婚はしたいんだよ。子どもも欲しい」

「お見合いしたら?」

それこそ彼にそんな余裕があるのかはわからないが。すると突然、由貴が顔を上げ私をじっと見つめてきた。いつもの茶目っ気は鳴りを潜め、真剣な眼差しに私も戸惑う。

「なに、どうしたの?」

「よし。雅、俺と結婚しよう」

あまりにも突拍子のない申し出に、私は目をぱちくりさせる。

「由貴、お前突然なにを言っているんだ!?」

固まっている私をよそに、先に反応したのは志貴だった。不快感か怒りか、珍しく感情を露わにする彼に対し、私は冷静に返す。

「由貴くん、頭でも打ったの？」

可哀相にと哀れみの目を向けると、由貴は顔の前で軽く手のひらを振った。

「なんだよ。べつに不可能な話じゃないだろ。遠くに嫁ぐ心配もないから親父たちも安心だろうし、いつでも里帰りできる。お互いに性格や好みをある程度把握しているし、下手な擦り合わせも必要がない。おまけに名字も変わらないから名義変更の手続きもいらないぞ。こんないい話、あるか？」

まさに営業トークだ。一体、私はなにを勧められているのだろう。

「そんな損得で結婚するのは嫌だな」

「お前、愛だの情熱だのだけで結婚する方がよっぽど危険だぞ」

軽快なやりとりを交わし、私は肩をすくめた。残念ながら動揺もなければときめきもない。向こうも同じだろう。私にとって由貴は、血のつながりのあるなしを超えて、実の兄のような存在でしかない。

「由貴、いい加減にしろよ。俺は絶対に認めないからな」

ところが志貴だけは本気で捉えているのか、真面目に由貴に向かって凄みを利かせている。相手にはまったく響いていないようだが。

「なんで兄貴に認めてもらわないとならないんだよ。一番大事なのは雅の意思だろ」

そこで志貴の視線が私に向き、その目があまりにも真剣だったので、一瞬息を呑む。

「な、ない。あるわけないって。だって由貴くんだよ？」

すぐさま首を横に振って否定する。

「その言い方はないんじゃないか。そんなわけで雅、真面目に考えるんだ。俺と結婚しておろそかになっているうちの家事をどうにかしてくれ」

「うわっ、サイテー」

結局、由貴本人が冗談で落としどころをつけてくれたので内心でホッとする。この話題はもう終わろう。

「お前、それ自分で巻いたのか？」

そんな私の考えを読んだのか、なんでもないかのように由貴は尋ねてきた。そっと自分の髪先に触れる。

「うん。どうかな？　変？」

「いや。でも出かける前に一度やり直してやるよ」

「わっ。ありがとう！」

彼の申し出を今度は素直に受け入れる。現役の美容師に巻き直してもらえるのはありがたい。コテはあるのかと尋ねられ洗面所にあると返事して、私と由貴はそのまま移動する。

「お兄ちゃん、ちょっと待っててね」

「ああ」

その際、志貴に声をかけたが、どうも浮かない顔だ。もしかしてこの状況で待たすことに怒っている？

ドキドキしつつ洗面所へ向かう。

「今度、うちの店来いよ。サービスしてやるから」

「一度行ってみたいとは思っているんだけれど、由貴くんのお店、ここからちょっと遠いし、いつも人いっぱいなんだもの」

コテをコンセントにつなぎ由貴は私のうしろに立った。おかげで鏡越しに会話する。

「にしても、兄貴とは相変わらずなのか」

急に落ち着いたトーンで話題を振られ、返答に窮する。

「う……うーん」

なんとも言えずにうつむき気味になり、それで彼も察したらしい。

さっきの結婚の申し出を本気に捉えず軽く流したのには、理由がある。そう、兄妹で唯一、由貴だけが私の気持ちに気づいていた。

「雅も成人して社会人になったんだし、変に遠慮しなくてもいいんじゃないか？　兄貴もまんざらじゃないだろ。さっきだって俺との結婚は認めないって必死だったし」

「あれは……たぶん、兄妹同士でくっつくのが嫌だったんだと思う」

兄の志貴が私を妹としてしか見られないのも、そういうふうにしか見ないようにしているのも知っている。これは憶測ではなく彼の口からはっきりと聞いたから。

「とはいえ踏み出さないと、ずっと今のままだぞ？　いっそのこと襲ってこいよ。でも雅が色仕掛け……は厳しいだろうし、兄貴にも響かないだろうしなぁ」

「由貴くん、それって真面目にアドバイスしているつもり？」

好き勝手述べて自己完結する由貴を鏡越しに睨みつける。しかし彼は何食わぬ顔だ。

「しているさ。だったらまずはその〝お兄ちゃん〟呼びをなんとかしたらどうだ？そう呼ばれて異性として見ろって方が無理だって。そういうプレイが好きなやつも一定数いるが……」

「プレイとかやめて」

静かに返したものの今の指摘はなかなか効いた。

自分でもわかっているのだが、長年幼い頃から染みついた呼び方を今さら変えられない。変えるタイミングやきっかけもつかめないし。

姉はどういうわけか〝志貴〟〝由貴〟とふたりとも呼び捨てしている。しかし幼かった私は兄ができたという思いで、志貴を先に〝お兄ちゃん〟呼び出して、まぎらわしいのもあり、由貴は姉の呼び方につられ名前にくん付けとなった
「ならこれから兄貴の代わりに、俺をお兄さまと呼ぶのを許可してやろう」

どこまでも茶目っ気たっぷりに返してくる彼に、心がふっと軽くなるときがあるのも事実だ。誰にも言えない気持ちを吐き出せる場があるのはやっぱり心強い。背中を押してもらえるのも。

コテに巻かれた髪先から、熱が伝わってくるのをじんわりと感じる。電源を切って由貴が鏡を見ながら私の髪に触れた。

同じ道具なのに自分で巻いたものとは仕上がりが全然違う。プロの技を間近で見られて感動だ。コテを置いた後、そっと頭に手を乗せられる。

「ま、俺も忙しいけど、なんかあったらいつでも言ってこい」

「ありがとうございます、お兄さま」

さらりと返し、ふたりで顔を見合わせて笑った。もしかすると兄の志貴ともこんな関係を築けた方がお互いにとって幸せだったのかもしれない。

バタバタとリビングに戻り、由貴に巻き直してもらった髪を見せる。

「お待たせ、お兄ちゃん」

「どうよ、俺の技。って、たいしたことはしてないけどな」

すると彼は優しく微笑んだ。

「いいんじゃないか、可愛いよ」

そういう一言をさらりと言えてしまうのが彼の罪深いところだ。

そのとき玄関で話し声が聞こえる。どうやら両親が揃って帰ってきたらしい。時間を確認し、私たちも出かける準備を始めた。


小料理屋の大将と女将夫妻に温かく迎えられ、料理を美味しくいただきながら父と母の十八回目の結婚記念日を無事に祝うことができた。サプライズで渡した花束もすごく喜ばれ、家族団欒のときを過ごせたと思う。

ある意味、こんな機会がないと成人した子どもたちが一堂に会することはないのかも。お正月やお盆も帰省はバラバラだったりするし。

お店に入る前はまだ明るかった空が、出る頃にはすっかり暗くなり夜になっていた。

食事の後、両親ふたりだけで飲みに行くのも定番だ。私が大学を卒業して就職し、ふたりにとってはやっと子育てがいち段落ついたといった感じなのだろう。

「俺、一度店に寄るから」

両親を見送ってから、由貴がスマホを確認しながら告げてきた。どうやらここでお別れらしい。

「由貴くん、またね。体に気をつけて」

「おう。雅もな。プロポーズの返事、気が変わったらいつでも言えよ」

軽く手を上げ、こんなときでも彼は相変わらずだ。

「由貴、冗談でも軽々しくそういうことを言うな」

ところが私がなにか返事をする前に志貴が強い口調で返す。ドキッとしたのは私だけで、由貴は歯牙にもかけない。

「本気だったらいいのか？」

挑発的な物言いにふたりの間に流れる空気がピリピリしたものになり、下手に口を挟めない。沈黙を破ったのは由貴だ。

「いつまでも子ども扱いしていたらそのうち嫌われるぞ。そんなに大事なら閉じ込めて鍵でもかけておけばいい」

いつものおどけた調子に志貴はなにも答えない。てっきりなにかしら否定すると思ったのに、相手にするのも面倒だと感じたのか。その間に由貴は踵を返してさっさと歩き出す。志貴とふたり残され、なんとも気まずい気持ちになった。

「とりあえず帰るか」

「うん」

促されるままに歩き出す。彼の隣にさりげなく並んだが、つい微妙な距離を空けてしまう。幼い頃はよく手をつないでもらった。

でもきっと今、彼の手を取るのは恋人と呼ばれる存在だけなのだろう。

「佐生」

そんなとき、男性の声で呼びとめられ私も志貴もほぼ同時に振り向く。若い男女数名の集まりがこちらを興味深そうに見ていて、声をかけてきた男性を始め、私にはどの面々にも覚えがなかった。おそらく兄の知り合いだろう。

「竹内（たけうち）」

案の定志貴が反応を示し、男性はにこやかに笑った。Tシャツにハーフパンツと夏らしい格好で日焼けしている肌は夜でもわかる。短めの茶色い髪をワックスで立たせ、なんとなく海が似合いそうだと思った。

「久しぶり！　同窓会以来か？　今日、バド部の面々で集まってたんだ。金沢もいるぞ」

そう言って竹内さんが振り返ると、応えるように金沢さんであろう男性がこっちに手を振った。皆、すっかりできあがっている様子でこちらをうかがってくる。

「佐生、お前、雰囲気あんま変わらないなー。まだ独身？　相変わらずモテまくってんの？」

「一緒にいるの、彼女？」

冗談交じりに竹内さんが問いかけると、うしろにいる人たちも反応した。

「え、マジ？」

遠目にではあるが好奇心に満ちた視線がぶつけられ、居た堪れなくなる。

「なんか懐かしくて声をかけたけれど、デートしているときに悪いな」

「あ……妹の雅です。兄がお世話になっています」

竹内さんが苦笑して志貴の次に隣にいる私を見たので、とっさに否定の言葉が口を衝いて出る。志貴はわずかに目を瞠り、竹内さんは目を白黒させた。

「えー。妹さん!? そういえば年の離れた妹がふたりいるって言っていたよな。え、いくつ？」

「二十三です。今日は家族で食事をして、その帰りで……」

怒涛の勢いで質問してくる竹内さんに正直に答える。とにかく誤解をさせるわけにはいかないという気持ちが私の中で必死に働いていた。

「そうなんだ！ 二十三なんて初々しいね。社会人二年目？ 雅ちゃん、だっけ？ 彼氏はいるの？」

私の回答に竹内さんの表情はぱっと明るくなり、さらに尋ねられる。

「雅に絡むな」

どこまで正直に答えるべきなのか戸惑っていると、志貴が私を庇うように口を挟んだ。低くどこか怒りを含んだ声に、竹内さんは鳩が豆鉄砲を食ったような顔になる。

「えー、なに？ 佐生ってシスコンだったわけ？ いいじゃん、ちょっといろいろ聞いたってさー。なぁ、せっかくだしこの後予定がないなら少し飲まねぇ？ ちょうど二次会行くところだったんだ。あ、もちろん雅ちゃんもよかったら一緒に」

「お前、人の話を聞いていたのか？」

マイペースに話を進めていく竹内さんに兄は眉をひそめる。一方で竹内さんのうしろにいる人たちはこちらをちらちら見ながら話している。

「え、妹さん？　彼女じゃないんだ」

「あんま似てなくね？」

「えー。可愛いじゃん」

知られたら知られたで、別の角度から興味を持たれる。両親が違うのだから似ていないのは当たり前だが、そこまで説明する義理はない。

品定めされている気分になり、逃げ出したくなった。

「お兄ちゃん」

志貴の注意がこちらに向き、目が合った瞬間に一方的に捲し立てる。

「私、タクシーで帰るから大丈夫。せっかくだし行ってきなよ」

兄の反応を待たずに竹内さんたちに頭を下げると、私はその場をさっさと後にする。肌にまとわりつく空気は湿度と熱さを孕んで不快だ。早くエアコンの効いた場所に行きたい。

妹としてあんな感じでよかったのかな？　断ったのは失礼じゃないよね？

一緒に行ったとしても志貴にも周りにも気を使わせるだけだろうし、なにより私はお酒がほぼ飲めない。

自分の行動を心の中で正当化させる。その実、気を利かせたと言えば聞こえはいいかもしれないけれど、本音の部分ではあの場にあれ以上いたくなかった。

私の知らない志貴の世界がたくさんあるのは理解している。彼らは高校生の頃の兄を知っていて、一緒に過ごした仲なら共通の思い出も多いだろう。

さっきの集団の中にいた女性ふたりは、懐かしさ云々よりも今の志貴と話をしたがっていた。私を妹と知ったときの安堵めいた表情がすべてを物語っている。自分が兄を異性として見ているからか、そういった彼に向けてくる女性の感情には敏い方だ。

しっかり施されたメイクは嫌味なく、洗練されたコーディネートはシンプルなのに大人の魅力たっぷりだった。私にはない雰囲気が純粋に羨ましくて、彼女たちなら兄と一緒にお酒も飲めるのだろうし話題にも困らない。隣に並んでも対等なのだろうと思うと劣等感と嫉妬で落ち込みそうになる。

ぐっと目線を上げて気持ちを持ち直す。年の差も義兄妹という関係も今に始まった話じゃない。それでも諦められずにここまで来てしまったのだから受け入れないと。

むしろあの女性のどちらかが志貴と付き合い出したら、今度こそ想いを断ち切れる？

「ねぇ」

不意に声をかけられ、我に返った私は反射的に振り返った。

「暗い顔してどうしたの？　よかったら一緒に飲まない？」

「お酒飲んで嫌なこと忘れよう！」

あからさまに酔っぱらっている男性二人組の姿に、肩をびくりと震わせる。続けてぱっと目を逸らした。

「けっこうです。もう帰るので」

振り向いたことを後悔しつつきっぱりと拒否する。さっさと踵を返して足早に歩き出したが、彼らまで歩を進めついてきた。

「だったら、後から送っていってあげるよ？」

「そうそう。心配しないで。あそこのバー知ってる？　美味しいよ。マスターもいい人でさぁ」

両サイドを固められ、不安が押し寄せる。それを顔に出してはいけないと無表情を貫くが、あまりもちそうもない。

タクシーがよく停車している大通りまでは少しだけ距離があり、気持ちが焦る。大勢が行き交っているが、私のこの状態を気に留める人はとくにいない。

「ね、いいじゃん。行こ行こ」

「奢ってあげるからさ」

笑顔で陽気な口調にもかかわらず、受けるのは恐怖だけで走り出そうかと本気で悩んだ。けれどさらに追いかけられたらどうしようかと思うと、行動に移せない。

「さっきから無視しないでよ」

そのとき痺れを切らしたかのように腕を掴まれ、さすがに動揺が顔に出そうになる。

「触るな」

ところが、凄みのある声と共に私の腕を掴んでいた男性の手首が取られた。突然現れた第三者に頭がついていかない。それは男性も同じなのか、呆然と間に割って入ってきた人物に視線を送る。

「お兄」

「俺の彼女になにか?」

私の言葉にかぶせ、冷たさを帯びた口調で彼らに問いかけたのは兄の志貴だった。強引に肩を抱かれ、彼らから守るように引き寄せられる。男性たちは顔を見合わせたのち、ばつが悪そうにその場を去っていった。

どうして志貴がここにいるのか。同級生たちと飲みに行かなかったのか。

様々な疑問を口にしようとしたら、その前に力強く抱きしめられた。

「まったく。寿命が縮んだ」

声色から心底安心したというのが伝わってきて、無意識に涙が滲みそうになった。

彼に抱きしめられるなんて、いつぶりだろう。気まずさや照れなどを感じる間もなく、ホッとして体の力が抜ける。今になって恐怖で震えてきた。

「雅をひとりにさせて悪かった。すぐに追いかけたんだけれど電話も出ないし、心配した」

考え事をしていたからか雑踏の中にいたからか、電話に気づかなかった。

「ごめん、なさい」

「雅が謝る必要はない。なにもされていないか？」

小さく頷くと、回されていた腕の力が少しだけ緩む。覗き込まれて視線が交わり、ここは外で人の往来があると気づき慌てて離れる。

しかし彼に手を掴まれ、距離ができない。触れられた指先が熱くて思わず払いのけてしまいそうになった。それをすんでのところで堪える。

不快感ではなく気恥ずかしさからだ。異性として意識していると知られるわけにはいかない。志貴は私の手を取ったままだ。

「あの……同級生さんたちとはいいの？　せっかくの機会だったんじゃない？」

平静を装って尋ねる。私のせいで断ったのなら申し訳ない。

「べつにかまわない。それより」

言葉を区切り、おもむろに志貴は自身の腕時計を見た。

「この近くに比較的遅くまで営業しているカフェがあるんだ。雅が好きそうなチョコレートのケーキが有名らしい」

突拍子もない彼の説明に目を瞬かせる。すると志貴はこちらに顔を向け、にこりと微笑んだ。

「今日は雅をそこに誘いたいと思っていたんだ」

さっきまでとは打って変わって、茶目っ気を含んだ優しい表情に胸を高鳴らせる。

私とは今日じゃなくても行けるのに、偶然会った旧友たちとの再会に花を咲かせるよりも優先してもらっていいのかな。

言いたいことはたくさんあるけれどそれらを口にはせず、こくりと頷いて彼の手を握り返した。

「ありがとう。行ってみたい」

彼の優しさに素直に甘え、ゆっくりと歩き出す志貴についていく。今だけだ。あんなことがあって気が動転しているから。

『俺の彼女になにか？』

妹ではなく彼女と言ったのはおそらく言葉のあやだ。

もしも声をかけられているのが私ではなく姉だったとしても、志貴は同じように助けに入ったに違いない。大事にされているのは、私が彼の妹だからだ。

わかっているのに胸が締めつけられる。諦めないと。この不毛な恋を終わらせなければならないのに。

第二章　すべてを変える運命の夜

お盆が過ぎ、八月も後半に差し掛かった。まったく暑さは落ち着かないが、これば
かりはしょうがない。
世間は夏休み特集などいろいろ賑わっているが、社会人になった今はあまり関係な
かった。だから週末の土日は貴重だ。
オフホワイトのトップスに裾がふわりと広がっているお気に入りの可愛いブルーの
マーメイドスカートを組み合わせて、気分を上げる。メイクやアクセサリーなどいつ
もより気合いを入れた格好をしているのには理由があった。
「なかなか連絡できなくてごめんね。ちょっとバタバタしていて」
「いいえ。わざわざありがとうございます」
以前、夏美に紹介されて二回ほど会った高木奏太さん。前に会ったときから間が空
き、連絡も取り合っていなかったので、てっきり関係は終わったものだと思っていた
のが本音だ。
ところが彼から久々に連絡があり、会う流れになった。昼前に約束して一緒にお昼

を食べた後、彼の車に乗って移動する。正直、会うべきか迷ったが夏美の念押しが効いている。

『いいから、彼が嫌いじゃないならとにかく会ってみなよ！　それで重く考えずとりあえず付き合ってみたらいいの！　このままだとなにも変わらないよ!?』

最後の部分はその通りだと突き刺さった。

志貴への想いを本当に断ち切りたいのなら動かないと。そもそも付き合うもなにも私と高木さんはまだそういう関係ではないし、彼だって私と付き合う意思があるから誘ったわけでもないかもしれない。暇潰しとか、なんとなくとか。

いちいち重く考えすぎなんだよね、私。

もっと気軽に兄以外の異性と向き合うべきなのかもしれない。

高木さんは私よりふたつ年上で、雰囲気も喋り方からも真面目なのが伝わってくる。髪は短く刈り上げ、今日は無地のベージュのTシャツに細身のジーンズを組み合わせていた。趣味はフットサルらしく社会人チームにも所属していて、休みの日は体を思いっきり動かしているらしい。夏美が言うように素敵な人だ。

車は湾岸近くにある港公園を目指していた。夏限定の様々なイベントが開催され、週末はキッチンカーが並び、特設の噴水が楽しめる。カップルや家族連れの定番のお出かけスポットだ。

志貴のマンションの近くにあり、実は公園には何度か足を運んだことがあるのだが、あえてそれを告げて別の場所を希望したりはしなかった。おかげで助手席から見える景色はどんどん見慣れたものになる。

お兄ちゃんも、デートとかで行ったりしたのかな？

ぼんやりとそんな考えが過ぎり、慌てて思考を切り換える。なんのために高木さんとふたりで会っているの。そのときふと、よく知った人物が目に映った。

お兄……ちゃん？

ちょうど信号待ちで停まった反対側の方向から、こちらに向かって歩いてきている。襟付きシャツにネイビーのスラックス姿で、背が高く元々目を引く外見なのもあって見間違えるはずがない。なによりついこの間、会ったばかりだ。

その彼の隣には女性が並んでいた。肩に触れるか触れないかで揺れる髪はウェーブがかかっていて、大胆にデコルテの開いた黒のトップスにブルーのフレアパンツを組み合わせた彼女は、大人っぽくスタイルの良さも一目見てわかる。

談笑しながら歩くふたりをお似合いだと思ったのは言うまでもなく、胸がズキズキと痛み出した。

でも、恋人って決まったわけでもないし。

無意識に自分に言い聞かせていると、ふたりは揃って兄のマンションのエントランスに入っていった。決定的な場面を見てしまい、思いっきり目を逸らす。

心臓が早鐘を打ち出し、嫌な汗がどっと背中に噴き出す。

落ち着け。覚悟していたし、わかっていたことじゃない。

昔から志貴はモテていた。この前会ったときには付き合っている相手はいないと言っていたが、それが事実とは限らないし、その後に彼女と付き合い出した可能性だってある。

懸命に脳内で思考を整えようとするが、それよりも先に痛みを伴った感情が顔を出す。

どうしよう……泣きそう。

ぐっと握りこぶしを作って堪える。

「雅ちゃん、どうしたの？　調子悪い？」

隣から声をかけられ、ハッと我に返る。

「あ、いいえ。すみません、大丈夫です！」

「本当？　暑いし無理せず言ってね」

優しい高木さんに心配をかけるわけにはいかない。

「ありがとうございます。平気ですよ」

なんでもないかのように笑顔で答えた。

これでいいんだ。ようやく志貴を諦めるときが来た。彼の年齢からすると結婚も意識して付き合い出したのかもしれない。うまくいかなりればいいのに、と子どもの頃の私だったら思っただろう。でも、もういい大人だ。

志貴には幸せになってほしい。私も幸せになって、妹として彼を安心させないと。

改めて意を決し、高木さんとの時間を楽しむようにする。

公園の中は予想以上に多くの人で賑わい、熱気に包まれていた。特別に設置された噴水から広がるミストのおかげで、多少の冷却感があり空気が冷やされている。

知っているとはいえ、久々に訪れてそれなりに楽しめた。

そうこうしているうちにいつの間にか空には雲が広がり、太陽を隠していた。雨が降り出しそうな気配に、私たちは予定よりも早く切り上げる。

車に乗って帰り道で再び志貴のマンションの近くを通り、見てしまいそうになるのを我慢する。女性と歩いていた彼の姿が何度も頭の中でリフレインしていた。

「雨降りそうだし、家まで送ろうか？」

「ありがとうございます。でも行きと同じ駅で大丈夫ですよ」

私の答えに、高木さんはなんとなく気まずそうな顔になった。

「本当は今日、雅ちゃんに連絡するかどうか悩んだんだ。前に会ったときから間が空いちゃったし……。でも城崎からちゃんと連絡しているのかって言われて」

切り出された話題に私は目を瞠った。城崎は夏美の名字だ。どうやら彼も夏美から発破をかけられ、私に連絡を寄越してきたらしい。

「す、すみません」

とっさに謝罪の言葉が口を衝いて出る。すると高木さんが少しだけ視線をこちらに寄越した。

「どうして雅ちゃんが謝るの？　俺こそマメな方じゃないし元々面倒くさがりでさ。そうやって過去の彼女にも振られてきたんだ」

わざと明るく語る高木さんだが、なんとなく口調には自嘲的なものを含んでいた。

仕事はもちろん、彼には趣味のフットサルもある。恋愛が二の次になってしまうのは、しょうがない。

「だからさ、もしも雅ちゃんと付き合っても、こまめに連絡を取ったり会ったりはできないと思う」

完全に油断していたところに続けられ、目を瞬かせる。彼はどういう意味で言ったのか。暗に付き合う気はないと言われているのなら……。

「あ、いえ。私は」

「それでもかまわないなら、俺と付き合わない？」

ところが高木さんの口から紡がれたのは、私の予想とは異なる内容だった。

「えっ……」

照れているのか運転中だからしょうがないのか、高木さんは前を向いたままだ。

「城崎に押されたのもあるけれど、雅ちゃんに会いたいと思ったから今日は思い切って声をかけたんだ」

視線が交わらなくても、彼の真剣さや緊張が伝わってくる。そこでやっと自分の置かれている状況を理解し、心が大きく揺れた。

これは、交際を申し込まれているんだよね？　それなら返事をしないと。

付き合ってみるべきだ。夏美にも言われたじゃない。志貴だって彼女がいるみたいだし、私も前に進まないと。

高木さんならきっと志貴も気に入るだろう。高木さんなら……。

『たとえ雅に嫌われても反対する。雅を幸せにできない男に、雅を渡したりしない』

そう言った志貴の声、表情がありありとよみがえり言葉に詰まる。私が彼をどう思うかではなく、どこまでも志貴を切り離せないでいる自分に気づき顔を歪めた。

けれど、今までもそうだ。恋人が欲しいのも結婚したいのも、すべては志貴を諦めたくて忘れたいからだった。おかげでいつもうまくいかない。

だって誰が叶えてくれるの？　誰がこの気持ちを消してくれる？

その程度の想いなら、こんなにも長い間、苦しんでいない。つらくて切ないだけなのに、私自身どうすることもできない志貴への恋心を、ずっと持て余している。

こんな中途半端な私が、誰かと付き合えるの？　付き合ってうまくいくの？

この状況をどうにかできるのは、ひとりしかいないのに。志貴の思いはどうであれ、彼自身と向き合うしかないんだ。

私が好きなのは義理とはいえ兄である志貴だけだから。

「雅ちゃん？」

信号に引っかかったのか、不思議そうにこちらをうかがってくる高木さんに、今度はきちんと目線を合わせた。

「ごめんなさい」

すぐさましっかりと頭を下げる。

「顔を上げて！　そんな重く受け取らなくていいから。こちらこそ勝手なことばっかり言ってごめんね」

慌ててフォローをしてくれる高木さんに申し訳なさが倍増する。こんないい人からの交際の申し出を断るなんて馬鹿だ。

最初から好きではなくても、一緒にいて徐々に惹かれていくパターンだって十分にあるだろう。わかっている。けれど、改めて自分の気持ちがはっきりした今、このまま彼と付き合うなんてできない。

駅で降ろしてもらい、高木さんには何度も頭を下げた。きっともう二度とふたりで会うことはない。最後はお互いにぎこちなくも笑顔で別れられたのは彼のおかげだ。夏美にも謝らないと。

早めに切り上げたつもりだが、道路が混んでいたため気づけば夕方になっていた。それでも八月は日が長い。分厚い雲に目を遣り、迷ったが家の方向とは反対の電車に乗る。

目指すのは先ほど車で通り過ぎた志貴のマンションだ。

『とはいえ踏み出さないと、ずっと今のままだぞ？』

『このままだとなにも変わらないよ⁉』

今さらだけれど、行動を起こす方向を私は間違っていたのかもしれない。まずは燻り続けているこの自分の気持ちにちゃんと決着をつけないと。

駅から外に出る頃には、辺りは真っ暗になっていた。雨が降り出す前に急がなければと足を動かす。しかしタイミング悪く、途中で雨が降り出した。

頭になにか当たったと気づいた次の瞬間、あっという間に激しい雨が空から落ちてくる。

即座に近くの屋根のあるところに避難するが、すでにわりと濡れてしまった。夏の夕立はそう珍しいものじゃない。けれど私同様傘を用意していなかった人が、競うように建物の中や軒下に駆け寄った。

この後どうするべきか思案しながら空を見上げる人、どこかに電話をかける人、ハンカチを取り出し濡れた箇所を拭う人、スマホを触る人などそれぞれだ。

おそらくもう少し待っていれば雨の激しさも収まるだろう。

勢いよくコンクリートを打ちつけ、耳につく雨音は慣れると心地よささえ覚える。ぼんやりと遠くを見て、わずかに雨が小降りになったと感じたそのとき、思い切って私は駆け出した。

冷たい雨が肌に当たり、お気に入りの服を濡らして生地の色を変えていく。水分を含んだ衣類は重たく、せっかくセットした髪も服も台無しだ。

でもじっとしていられなかった。

進まなきゃ。このままだと私……どこにも行けない。

志貴のマンションにたどり着き、エントランスに入ってから少しだけ立ち止まって迷いが生じる。そもそも志貴がいる保証はないし、もっと言えば彼女と一緒かもしれない。それでもいい。この機会に直接彼女だと紹介されたら、私の中で踏ん切りもつく。

自分の都合ばかりで申し訳ないと思いつつ、とにかくびしょ濡れのままここでいるわけにもいかない。マンションの中は空調が整っているが、その分外との寒暖差に身震いした。

彼の部屋の前まで来て、緊張しながらインターホンを押す。心臓がバクバクと音を立て、吐きそうだ。

ややあって中から人の気配を感じ、滴る水滴を払うため額を手の甲で拭った。なんて言うべきか迷っていたら、突然勢いよくドアが開く。

「雅!?」

中から驚いた面持ちの兄が顔を出した。てっきりインターホン越しに答えるのが先だと思っていた私は完全に油断していた。どうやらモニターに映る私を見てそのまま出てきたらしい。

「あの、お兄ちゃ」

「どうしたんだ？　とにかく中に入れ」

こちらがなにか言う前に手を引かれ、強引に玄関の中に入れられる。

「すぐにタオル持ってくるから」

そう言ってバタバタと志貴は洗面所へ消えていった。目線を落としたが、女性ものの靴はない。どうやら今は兄ひとりのようだ。その事実にホッとしている自分がいた。

彼女を紹介されてもかまわないと意気込んできたが、本当に恋人と一緒に過ごしているところにこんな形でやって来ていたら、お邪魔虫もいいところだ。迷惑極まりない。とはいえ志貴にこうして世話を焼かれている時点で同じかもしれないけれど……。

「ほら。とにかく体を拭け」

数枚のバスタオルを持って戻ってきた志貴は、一枚を私に手渡しもう一枚を頭にかぶせて力強く拭き始める。遠慮のない手つきで、タオル越しの大きな手のひらの感触にどぎまぎする。久しぶりにここに来た。

「ごめんね、ありがとう」

「今、風呂沸かしているから温まってこい。そのままだと風邪を引く」

彼の申し出に反射的に顔を上げた。

「そ、そこまでしなくて大丈夫」

「大丈夫じゃない。いいから素直に言うことを聞くんだ」

珍しく有無を言わせない口調に押し黙る。怒っているわけではなく心配しているのだと伝わってきて、ますます罪悪感が募っていく。

「で、でも床濡らしちゃうし。このままで……」

すでに玄関にも足元に水溜まりを作っていた。バスルームまでとはいえ、部屋の中を濡らすわけにはいかない。そのとき髪を拭いていた兄の手が止まった。不思議に思い彼を見たら、次の瞬間勢いよく抱き上げられる。

「わっ！」

驚きと突然の浮遊感に間抜けな声があがり、反射的に兄にしがみついた。彼も濡れてしまうと思ったのも束の間、バスルームに足を運んだ志貴はゆっくりと私を下ろした。

バスタブにお湯が勢いよく溜まる音が響き、温かい湯気が立ち込めている。

「ほら。適当に着替えを用意しておくから、とにかくゆっくり温まるんだ。脱いだ服は乾燥機に入れておけ。一時間もあれば乾くだろうから」

てきぱき指示を出す志貴を呆然と見つめた。彼は目が合うと意地悪そうに微笑み、顔に張りついた私の髪をそっと耳にかける。

「早くしないと脱がすぞ」

「……うん。って言ったら脱がしてくれるの？」

私の反応に志貴は目を丸くする。いつもの私なら照れて拒否し、さっさと行動に移していた。それを彼も予想していたのだろう。

打って変わって志貴はなんとも言えない表情になった。そして一歩距離を置いてから私の頭に手を乗せる。

「冗談言い合っている場合じゃないな」

そう言ってバスルームから出ていき、ドアを閉める。洗面所も後にしたのを感じ、私はおもむろに濡れた服に手をかけた。

たしかに冗談ではあったが、あからさまに拒絶され胸が痛む。わかっている、志貴は私を妹としか見ていないし、妹だからこんなにも優しくしてくれる。

この想いを伝えたら、きっと今みたいな関係さえなくなってしまう。それこそお姉ちゃんみたいに――。

熱めのシャワーを浴びながら葛藤し続ける。中途半端な自分の気持ちに決着をつけるためにここに来たのはいいものの、それに志貴を巻き込んでいいのだろうか。彼を裏切る形になるのは目に見えている。

今までずっと大事にしてもらってきたのに。

おずおずとバスルームのドアを開けると新しいバスタオルと着替えが用意されていた。真っさらのルームウェアはおそらく志貴のものだろう。遠慮気味に襟付きのグレーの上下に袖を通した。滑らかで肌触りがよく上質なものなのがよくわかる。胸元が微妙に開いてしまうのが気になるがこればかりはしょうがない。下のズボンは紐をギリギリまで引っ張り、裾を折ってなんとか体裁を整える。

すっぴんで不格好だがしょうがない。今さらだ。脱ぎ終えた衣服をシャワーで簡単に洗ってから軽く絞り、そっと乾燥機に入れてスイッチを押す。

「お兄ちゃん、お風呂ありがとう。あとこれも」

リビングに顔を出し、声をかける。志貴はソファでパソコンに目を通していた。その目は真剣そのもので仕事関連かもしれない。

こちらを向いた兄はにこやかに笑った。

「着られたか？」

「うん。わざわざ新品をごめんね」

着ている服の襟をちょんっと引っ張った。洗って返すね、と言おうとしてすぐに思い留まる。妹とはいえ他人が着たものを、彼がまた着るだろうか。そもそもこれは、もしかして彼女のために用意していたのでは。

「いいよ。今度、雅がうちに来たとき用に置いておくから」

悩んでいたところにさらりと返され、少しだけ動揺する。兄はパソコンの画面を閉じて静かに立ち上がった。

「この後用事がないなら夕飯を食べていくか？」

思えばもういい時間だった。雨のせいもあって外はいつもよりも早く夜が訪れつつある。少しだけ返事を迷ったが、私は頷いた。乾燥機にかけた服が乾くまで時間がかかる。なにより……。

「よかったら私、作るよ。いっぱいお世話になったからそのお礼」

冷蔵庫に向かう志貴の後を追う。一人暮らしにしては冷蔵庫が立派なのは、彼がそれなりに料理をするからだ。

「って言っても今、ほとんど空なんだよな」

冷蔵庫を開けながら困惑気味に呟くので、私は彼の隣から中を覗く。たしかに、広々とした庫内を飲み物や調味料が贅沢に使っている。

「普段どうしているの？」

料理をしなくなったのかと疑ったが、志貴は冷蔵庫のドアを閉めながら苦笑する。

「前に話していたドイツへの出張、月曜からなんだよ」

そこで思い出す。両親の結婚記念日を祝った席でそんな話をしていた。詳しい日時を聞いていなかったが、まさか明後日からだったなんて。

「そっか。一カ月だっけ？」

「ああ。あまり気持ちは乗らないけどな」

冷蔵庫の中身がほぼ空なのも納得だ。志貴ひとりなら、あと数食くらい外で食べるか買ってきて済ますつもりだったのかもしれない。

「忙しいところ、ごめんね」

我ながらタイミングがいいのか、悪いのか。

「いや。行く前に雅に会えて嬉しいよ」

しょげていると、ぽんっといつもの調子で頭に手を乗せられる。彼が誰に対してもこういうことをする人だったらよかったのに。

そしたら、変に期待もときめきもせずにいられたのかな。ためらいもなく触れられ、特別扱いされるたびに、なにかしら希望を抱いてしまうのは私が浅はかなの？

すべては妹だからだと頭では理解していても、血のつながりがない事実にいつも心を乱されてしまう。

「パスタはある？」

気を取り直して尋ねる。

結局夕飯はパスタとなり、ソースはトマト缶とツナ缶を使って手作りした。意外と美味しくできたのでまた改めて作ろうと思う。

食事中は思い出話に花が咲き、懐かしさですごく盛り上がった。

「昔はよく、『お兄ちゃんと結婚する！』って甘えてくれたよな」

「やめてよ、そんな小さい頃の話」

こちらの忘れたいことまで覚えていたりするから、ある意味兄という存在は厄介だ。

内心で動揺しているのをひた隠す。

食後、片付けをしていたら志貴がコーヒーを淹れてくれていたのでおとなしく受け取った。芳ばしい香りが鼻を掠め、一息つく。

「雅の料理、久しぶりに食べたけど、旨かったよ。ありがとう」

「そんな……料理ってほどのものじゃないよ」

ストレートに褒められるとなんだか照れくさくなる。

こんなふうに彼女の料理を食べたり、逆に振る舞ったりしているのかな？

ふと冷静になりここに来た理由を思い出す。真正面に座りカップを持つ志貴を改めてじっと見つめた。

くっきりとした目鼻立ちは均整が取れ、ぱっと目を引く。一つひとつの動作にはどこか気品があって、物腰柔らかな印象を与えるのは昔からだ。実際、志貴はとても優しい。骨張った大きな手に長い指、伏せると影を作りそうなほど長い睫毛は本気で羨ましいと何度も思った。見ていて飽きない。むしろずっと見ていたい。

彼が好きだから——。

「あの」

「そろそろ服も乾いたんじゃないか？　これ飲んだら送っていくよ」

意を決したものの出端をくじかれ、一瞬間が空く。志貴は気づいていないようで不思議そうにこちらを見た。

「……うん。着替えてくるね」

そう言ってカップを置いて洗面所へ駆け込む。

タイミングを逃したのを残念だと思う反面、わずかに安堵している自分もいた。普通の男女でさえ告白は緊張を伴うものなのに、私の場合は相手が義理の兄なのだから、切り出すのもなかなか難しい。

ましてや志貴と違い、私は自分から告白したことや誰かと付き合った経験もない。

ひとまず着替えよう。彼の言った通り上下ともに乾いていて、多少皺になっているのが気になるが、これればかりはしょうがない。ほんのりと温かさを残している衣服を身に纏って手櫛で改めて髪を整える。

なんとも情けない顔が鏡に映っている。あんなに気持ちを伝えてはっきりさせると決めてきたのに、志貴を前にするとやはり怖気づく自分がいる。……せめて彼女のことは聞いてみようか。

洗面所を出てリビングに向かうと、志貴は立ち上がって家を出る準備をしていた。私に気づいた彼がこちらを向いて微笑む。

「雅はそういう格好が好きだよな。可愛いしよく似合っている。今日はどうした？　デートだったのか？」

からかい交じりの問いかけに、いつもなら慌てて否定するのがお決まりだ。恋人が欲しい、早く結婚したいと言いつつ志貴の前では具体的に自分の恋愛話をしたことはない。いつもだめになった事後報告ばかりだ。

けれど……。

「そう。今日、友達に紹介された人と会っていたの。三回目になるんだけどね」

彼の予想に反して抑揚なく答える。案の定、志貴は虚を衝かれた顔になった。ところが、その表情はすぐに険しいものになる。

「その男となにかあったのか？」

「え？」

聞き返したら志貴は前髪をくしゃりと掻いた。どこか苛立っているのが伝わってきて、つい身構える。

「言わなかったけれど、ここに来たときあまりにもつらそうな顔をしていたから。雅にそんな顔をさせるやつなら」

「違う！　彼のせいじゃない」

志貴の言いたいことに気づき、急いで否定した。高木さんはなにも悪くない。

うつむき気味に声を震わせて私は続ける。

「すごく優しくて真面目で、私にはもったいないくらいいい人なの」

そんな彼にせっかく交際を申し込まれたのに、一歩踏み出すチャンスだったのかもしれないのを拒んでしまった。

「付き合っているのか？」

さらに投げかけられた問いかけは、心の中に石を投げ込まれたかのような感覚になる。波紋が揺れて広がり、その言葉が重く沈んでいく。

「……お兄ちゃんこそどうなの？」

志貴の方を見ないまま、質問には答えずに今度は私から尋ねる。

「彼女、いるんでしょ？」

「いないって言っただろ」

ところがすぐさまあきれたように返され、私は顔を上げた。

「だって、女の人と並んで歩いてこのマンションに入っていくのを見たよ！」

私の勢いに圧されたのか、志貴は目をぱちくりとさせた。

「……いつ？」

「今日の昼過ぎに」

短い応酬を繰り返し、正直に答える。すると彼は軽くため息をついた。

「ああ。あれは同僚だよ。仕事で使う持ち出し用の資料に彼女の担当分も入っていたみたいで、昨日の夜連絡もらって気づいたんだ。セキュリティの問題で家からデータを送れなくて、さらには俺が月曜から出張で渡すチャンスがないからわざわざ取りに来てもらった」

淀みなく説明され、そこには嘘や誤魔化しなどがないのは感じ取れる。じっと見つめる私に、志貴は困惑気味に続けていく。

「家の近くまで来たけれど、ここらへん似たマンションが多くてわからないって連絡があったから迎えに行ったんだよ。でも肝心のデータを忘れて、ここまで取りに来るのについてきてもらったんだ」

理路整然と事情を説明され納得する一方で、自分の思っていた事態とは違うことに戸惑いが隠せない。これではまるで浮気を疑って問い詰めたみたいだ。

志貴もこの状況を妙だと感じたのか苦笑いする。

「ちなみに、さすがに付き合ってもいない異性を部屋にあげたりしない。エントランスで待っていてもらったよ」

念のため、といった調子で補足されたが、この発言が私の心を大きく揺さぶった。

そこで志貴がふと我に返った様子で話を戻してくる。

「俺の話はいいんだよ。それより雅こそ付き合う相手は」

「私は？」

彼の言葉を遮って静かに言い返す。訝しそうにこちらを見る志貴の目をしっかりと見つめた。

「なんで私はいいの？」

自分でも驚くほどの冷たい声だった。

兄妹とはいえ私たちは血がつながっていない。他人だ。だったら私だって彼にとって〝付き合ってもいない異性〟じゃないの？

志貴も私のただならぬ雰囲気を感じたのか、目を瞠った後、わざとらしく視線を逸らす。あえて聞くほどでもない。彼の答えはわかりきっている。

「なんでって雅は俺の」

気がつけば駆け出し、真正面から志貴に抱きついていた。こんな密着はそれこそ子どもの頃以来で、相手が驚きで息を呑んだのが伝わってくる。しかし私はかまわず叫んだ。

「私は、お兄ちゃんみたいになれないの！」

声にしたのと同時に視界が歪み、頬に熱いものが滑り落ちた。必死で蓋をして抑えつけていた感情が、涙と共にとめどなくあふれ出す。

なんでそんなふうに妹だからって割り切れるの？　どうして血のつながりがない事実を受け入れられるの？　なんで、どうして……私ばかりが……。

「いっ、妹だからって……昔から私を甘やかして、大事にして……特別扱い、するからっ」

嗚咽交じりになり、うまく言葉を紡げない。きっと志貴にとっては意味不明だろう。出張前に一方的に押しかけて、こんな訳のわからない駄々をこねて、困っているに違いない。

ずっといい妹でいたのに、優しくされてきたのを、まさかこんなふうに責める形になるなんて。でも、どうしようもない。

「早く、好きな人を作って……結婚したい。でも私……どんなに頑張ってもお兄ちゃん以外の人を好きになれない」

『たとえ雅に嫌われても反対する。雅を幸せにできない男に、雅を渡したりしない』

それを過保護な兄だと笑ってやりすごせたらどんなに楽だろう。冗談だって受け止められたら。けれど現実は彼の一挙一動に心を乱されて、そのたびに舞い上がって落ち込んで……苦しさと空しさだけが残る。

終わらせてほしい。ひどい言葉でも冷たい態度でも、もう妹ではいられなくなったとしても、彼からのはっきりとした拒絶が欲しい。そうしたら今度こそ諦められる。

「無理なの……。だから責任取って」

懇願するように顔を上げて志貴を見た。彼のせいにするつもりはないけれど、自分ひとりではどうしようもないから。これが最後のワガママだ。

すると、志貴はなにかを堪えるような複雑そうな表情で私を見下ろしていた。当然だ。私は妹として彼を裏切ったんだから。

思わずなにかを言おうとしたら、急に視界が暗くなり唇に温もりを感じた。頭が真っ白になり、初めての感覚に現状が理解できない。彼から口づけられたのだと気づいたときには唇は離れていた。

「え……」

呆然と志貴を見つめると、彼は切なそうに顔を歪め私の頬に触れる。

そのときポケットに入れていたであろう彼のスマートフォンが音を立て、不意打ちに心臓が跳ね上がる。彼の注意もそちらを向き、おかげで私も冷静になる。

今のは、なんだったの。もしかして夢？　私の勘違い？

けれど唇に残る余韻はどう考えても本物だ。志貴は相手を確認してから目の前でスマホの通話ボタンを押したので、とっさに離れるべきだと下がろうとする。仕事の用件かもしれないし、そもそもいつまでもこの体勢でいるわけにもいかない。

ところが彼はスマホを持つのとは反対の腕を私の腰に回し、自分の方に抱き寄せた。

「もしもし、母さん？」

彼の意図はともかく、志貴に電話してきた相手に顔がさっと青ざめる。

「雅？　ああ、来ているよ」

そうだ。遅くなって心配をさせてもいけないと思い、念のため母に雨が降ったから志貴のところで雨宿りさせてもらう旨のメッセージを送っていたのだ。こういうとき実家暮らしは不便だと思う。

何度電話しても私につながらなかったから志貴の方に連絡したと、母の説明が聞こえる。スマホをバッグに入れっぱなしにしていたので、気づかなかった。たしかにもういい時間だ。

「食べたよ。雅が作ってくれた。ああ。そろそろ送っていこうと思っていたんだ」

彼の返答に無意識に体を強張らせる。おそらくこの流れは、なにもなかったことになる。この電話が終われば、先ほどのやりとりなどまるで無視して送っていく旨を告げられるのだろう。

ズキリと胸が痛んだ。けれどこの空気で再び話を戻す度胸もない。こういう運命と割り切るしかないのかと落ち込みそうになった瞬間、回されていた腕の力が強められ、私はさらに志貴に密着する形になった。

「でも疲れているみたいで、今眠っているんだ。今日はうちに泊めていくよ」

思いがけない発言が飛び出し、反射的に彼を二度見する。すると志貴はこちらを見て軽く微笑んだ。続けてわざと私の耳元に唇を近づける。

「俺はかまわないから。ああ。明日の朝、送っていくよ」

電話の向こうの母に告げているのに、私に囁かれているみたいで、心臓が早鐘を打ち出す。

「大丈夫。わかった。じゃあ、また」

どうすればいいのかわからず硬直していると、志貴は私から少し離れスマホの通話ボタンを押した。素早くポケットにスマホをしまい、改めてこちらに視線を合わせてくる。

「どうする？」

目を見て尋ねられたが、とっさに返答に困った。そうしているうちにこつんと額を重ねられる。

「母さんにはああ言ったけれど、雅が望むのなら今から送っていくよ」

私の希望を優先してくれる、優しくて自慢のいつもの兄だ。……でも、もういらない。優しくなくても、拒絶されても妹としてではなく異性として見てほしい。

私は小さくかぶりを振った。

「いい。私が望むものは……ずっと前からひとつだけなの」

また泣き出しそうになりながらも訴えると、志貴は切なそうに顔を歪め私との距離を縮めた。

「進んだらもう戻れなくなる」

唇が触れるか触れないかの距離で確かめるように告げられる。それは私に言っているのか、彼自身に言い聞かせているのか。どちらでも私の答えは決まっている。

「うん」

それでもいい。声になったのか、ならなかったのか。目でも答えたら再び志貴から口づけられる。さっきは突然のことで頭がついていかなかったが、唇の温もりや柔らかい感触にこれは現実なのだと実感する。

少しは私の気持ちに応えようとしてくれている？ 期待してもいい？

目を閉じて受け入れながら、あれこれ浮かんでは消えていく。角度を変え重ねるだけの口づけが繰り返され、その間私はどうすることもできず無意識に息を止めていた。

「雅」

唇が離れたのとほぼ同時にすぐそばで名前を呼ばれ、おそるおそる目を開けた。志貴は私の頤に手をかけ、親指の腹でゆっくりと濡れた唇をなぞっていく。心臓が爆発しそうだ。

「キスも初めてなのか？」

遠慮気味に尋ねられ、違う意味で顔が熱くなった。この年で、と思われるのも恥ずかしいのだが、それ以上に今のキスで経験がないとバレるほどに私の対応はなっていなかったらしい。

返答を迷ったが、ここで見栄を張ってもしょうがない。ずっと彼に片思いをしていたとはいえ、引かれてしまったのか。

「ごめん……なさい」

蚊の鳴くような声で謝罪したら、唇に触れていた志貴の親指が止まる。

「謝らなくていい。嫌なのかと思って」

「い、嫌なわけないよ！」

彼の言葉をすぐさま否定する。そんなふうに思われるのは心外だ。

「嫌なわけない。……ずっとこんなふうにしてほしかった」

思い切って本心を告げたら、志貴は目を丸くした後、困惑気味に軽く唇を重ねてきた。続けて至近距離で目が合う。

「雅。心配しなくていいから少し力を抜け。息も止めるな」

諭すように告げられ、引き結んでいた唇をかすかに緩めるとキスが再開された。触れ合うだけの柔らかい口づけが幾度となく繰り返され、ちゅっちゅっと耳慣れしないリップ音がやけにはっきりと聞こえる。鼓動が速いのは、もうどうしようもない。

そうやっていると、次第に焦らされているような物足りなさがじわじわと湧き上がってくる。

この感情をどう処理すればいいのかわからずにいたら、そのタイミングで唇の隙間に舌先が滑らされた。驚きで反射的に腰を引きそうになるが、志貴の腕が回され阻止される。

「あっ」

そちらに気を取られている隙に彼の舌が口内に侵入し、私の舌はあっけなく捕まって、絡め取られた。

「んっ……ん」

意識せずとも鼻に抜ける甘い声が漏れ、羞恥心で体が熱くなる。心臓が痛いほど強く打ちつけ破裂しそうだ。不安でぎゅっと志貴のシャツを掴むと、彼はなだめるように私の頭や髪を撫でてくれた。慣れた手のひらの感触に安心して涙が滲む。

経験はないが知識はそれとなくある。ところがぎこちなく自分から舌を絡めようとするも、うまくいかない。主導権を握れるとまでは思っていないが、本当にされるがままだ。

どうしよう。わからない。

「んっ……ふぅ……」

唾液が混ざり合う音が耳からではなく直接頭に響く。時折漏れる声と合わさり、吐息も熱い。五感すべてで今の状況がありありと身に染みていく。

けれど嫌な気持ちも不快さもまったくない。それどころか徐々に頭がぼうっとしてきて、さっきまであんなに強張っていたのが嘘のように体の力が抜けていく。

うっすらと目を開けると整った志貴の顔がそこにあり、彼はゆるやかに目を細めて私の頬に触れた。

好き……大好き。

ずっと秘めていた感情が胸いっぱいになり、離れたくなくて大胆にも彼の首に腕を回す。さらに距離が縮まりますますキスは遠慮のないものになっていった。

舌先を軽く吸っては絡め取られ、さらに奥深くを求められる。厚い舌に歯列をなぞられ、頬の内側を舐め取られたときは勝手に体がびくりと震えた。

気持ちいいけれど、怖い。こんな経験初めてだ。そっと解放された瞬間、志貴と目が合う。今まで見たことがないような色めく瞳に息を呑んだ。

けれどすぐに彼にもたれかかる形で抱きつき、顔が見えなくなる。正確には見ていられなかった。自分も今、どんな表情をしているのか。

無意識に酸素を取り入れようと肩を揺らし、大きく息を吸った。そんな私の頭を彼は優しく撫でてくれる。

なにか言わないと、と思うのに声が出ない。その代わり、回した腕にさらに力を込めた。

「大丈夫か？」

心配する声が降ってきて、必要以上に大きく頷く。

「大、丈夫」

改めて呼吸を整え、上目遣いに志貴をうかがう。すると彼は素早く私の唇を掠め取った。

「責任を取ろうか？」

「え？」

真面目な面持ちで問いかけられ目を瞠る。頭に触れていた彼の手が気づけば頬に添えられていた。

「雅が……本当に俺しかいらないのなら……他の男なんて見なくていい。好きになる必要もない」

いつもの穏やかさはまったくなく、怖いくらい真剣な表情に瞬きひとつできない。

「誰にも渡さない。俺のものにする」

凛とした声は鼓膜を震わせ、心臓と共に私の心を鷲掴みにする。続けて耳鳴りがしそうなほどの静寂が降りてきて、しばらく迷ったのち私から口を開く。

「そ、それは……妹としてじゃなくて、その……」

まだどこかで信じられない気持ちがあった。この状況も、志貴の言葉も。それほどまでに長い間、彼への想いを一方的に募らせてきたから。

私の言葉に志貴はややあきれた顔になる。

「今のキスじゃ物足りなかったか？」

「そ、そういう意味じゃないの。あっ」

慌てて否定しようとしたら、耳に口づけが落とされつい反応してしまう。

「なんなら、もっとわかるように雅を求めようか？」

「んっ」

わざと吐息交じりに耳元で囁かれ、志貴の手が服越しに私の脇腹を撫で始める。反射的にびくりと体が震えたが、私はぎゅっと目をつむった。薄手の服だからか彼の手の大きさや感触がよくわかる。

ところが、どういうわけか手の動きがぴたりと止まり、私はゆっくりと目を開けた。

「ほら。わかったら、今日はもう」

「やめる、の？」

私の言葉に志貴は目を見開き、ややあって気まずそうに目線を逸らした。

「焦る必要はない。雅の気持ちはわかったから」

「うん。だからもっとしてほしいの」

引かずに自分の主張を押し通す。なんとなくいつもの兄と妹みたいなやりとりになってしまうのが嫌だった。今やっと彼との関係を変えられそうなのに。

「好き、だから」

うまく説明できずにもどかしい。志貴は眉をひそめ複雑そうな表情になる。

私、自分の気持ちだけで急ぎすぎた？　私はずっと想い続けていたけれど、志貴にとっては寝耳に水の状態だったかもしれない。そもそも性急すぎだってあきれられたか、はしたないと思われたのかも。

「途中でやめてやる自信がない」

自己嫌悪に見舞われている中、彼がぽつりと漏らした内容は予想外のものだった。まさかそういう意図だったとは思わず、逆にどこまでも私を大事にしようとしてくれる志貴に、ますます好きという気持ちが増幅する。

その勢いに圧され自分から彼に口づけた。ただ唇を押し当てるだけの拙いものだと自覚はあるけれど、今の私の気持ちを少しでも伝えたくて。

応えるように唇を食まれ口づけを終えた次の瞬間、膝の下に腕を滑り込まされ彼に抱き上げられた。

「きゃっ」

あまりにも慣れた様子で志貴は歩を進め出す。

「昔はこうやって甘えてくる雅をよく運んだな」

「い、今は重いし、ひとりで歩けるから」

恥ずかしさも相まって、志貴にしがみつきながら訴える。たしかに幼い頃は自分から抱っこしてほしいと彼によくせがんだ。志貴は嫌な顔ひとつせず、こうしてお姫さま抱っこをして、私を甘やかしてくれた。

「下ろして」

居た堪れなさに身を縮めて懇願する。しかし志貴は私の要望を無視して額にキスを落とした。

「重くないし、今でも俺は雅を甘やかしたいんだ」

そう言って連れて行かれたのは、寝室だった。このマンションには何度か足を運んだりはしたが、さすがにこの部屋には足を踏み入れたことはない。

部屋の電気は消えていたが、ドアを開けたときに廊下からの光でかすかに見えた。白の壁紙は奥行きを感じ、真ん中にグレーの大きめのベッドがあった。目を慣らそうと薄暗い部屋の中に視線を飛ばしていたら、そっとベッドサイドに下ろされた。続けて志貴は慣れた手つきでナイトテーブルの上にあるスタンドライトを点ける。

暖色系のほどよい明かりが部屋を照らし、彼は私のすぐ隣に同じように腰を下ろす。改めて目が合い、緊張感が一気に増す。

「あの、お兄」

落ち着かずに口火を切ったら、キスで遮られた。

「さすがに〝お兄ちゃん〟はやめてくれないか？」

「あっ……」

ついいつもの癖で呼びかけそうになったが、この状況ではおかしな話だ。とはいえなんて呼べばいいのか。

「うん。志貴……くん？」

私より年上で、下の兄はくん付けしている。その事実を考慮して呼んでみたが、苦笑される。

「くんもいらないよ」

「……志貴」

いざ本人を前にすると、なんだか照れくさい。しかし彼は、今度は嬉しそうに笑った。

「ん。雅にそんなふうに呼ばれる日が来るなんてな」

「だ、だめ？」

やはり違和感があるのだろうかと焦ったが、志貴は微笑んだままだ。

「いや、いいよ。もっと呼んでほしい」

「あっ」

ちゅっと音を立て耳たぶに口づけられる。左手は私の腰に回され、右手は再び脇腹辺りを撫で始めた。やがてその手は徐々に上に伸びてきて胸元に触れる。

「やっ……」

不快や嫌悪ではなく、恥ずかしさと初めての感覚に声が漏れた。

「嫌か？」

尋ねたわりに志貴は手を止めない。もちろん嫌ではないけれど、なかなか素直に受け入れられない。

優しく揉まれ、恥ずかしさと言い知れないもどかしさが混ざり合って、身をよじりたくなった。でも腰に回された彼の腕がそれを許さない。

指先や手のひらを使って緩急をつけながら両方の胸を刺激され、びりびりと電流が走るような錯覚に陥る。

「んっ……」

「素直で可愛いな、雅は」

艶めかしい吐息が意図せず漏れ、志貴はおかしそうに囁いた。どういう意味なのか考える余裕もない。

「直接触ろうか？」

「あっ、でも……」

彼の提案にとっさに乗れない。すると志貴はこちらに体を寄せ、耳に顔を近づけてきた。

「もっと雅を気持ちよくしたい」

わざと耳に吐息を吹きかけられ、その間に裾から手を滑り込まされた。

「あっ」

服越しと直に肌に触れるのが、こんなに違うものだとは思いもしなかった。体温も感触もすべて先ほどの比ではないほど直接的に伝わる。

「志、貴」

「ん、温かい。……柔らかくて、おまけに感じやすい」

助けを求めるように名前を呼ぶと、上の服を脱がす形で彼の両方の手が肌を滑っていく。胸元まで服をたくし上げられ、私はある事実に気づいた。

「だめ！」

突然の拒絶の声に驚いたのか、不意に志貴の手が止まる。

「どうした？」

「その……下着、普通のだから」

改めて問われると、なんとも気まずい。しかし志貴はますます理解できないといった顔になった。

「普通？」

「あんまり可愛くなくて、だから、その……できれば見られたくない」

こんな事態になるとは露も思わず、慣れたシンプルな下着を着けてきてしまった。

さらには上下セットのものでもない。

「そんなことで？」

「だって……私、今日はみっともないとこばかり見せているから」

ずぶ濡れでやって来て、それからサイズの合わない部屋着を借りて、ずっとノーメイク。こんなときにムードのひとつもつくれない。

今まで志貴が付き合ってきた女性はきっと、ちゃんと綺麗にしていたに違いない。

こういう場面でも動じずにいて……そう考えると、こんな言い分こそ子どもっぽいと思われてしまいそう。

ぎゅっと無意識に服の裾を引っ張る。

「みっともなくない。そんなふうに思う必要はまったくないんだ」

気持ちが沈みそうになるが、志貴の力強い声で我に返る。彼を見たら、志貴はこつんと額を重ねてきた。

「雅は飾らず自然体でいてくれるのがいいんだよ。素直で真っすぐなところに、俺は何度も救われてきたんだ。だから無理せずそのままでいてほしい」

懇願するような物言いに私は押し黙るしかない。そんな顔をされたら、嫌だと言えなくなる。

「どんな雅でも可愛くてたまらないんだ。今も昔も」

ところがやや軽い調子で続けられ、ん？　と思ったのとほぼ同時に、トップスの裾を勢いよく持ち上げられ、抵抗する間もなく、万歳する形で脱がされる。完全に油断していた。

「ちょっ」

抗議の声はキスで封じ込められる。

抱きしめるように背中に腕を回され、器用にブラのホックをはずして、剥ぎ取られた。下着を気にするどころか、上半身にまとうものがなくなり肌が空気に晒される。

心許なさと恥ずかしさで涙が滲みそうだ。

「んっ……ずる……い」

口づけに翻弄されながら必死に訴えるが、ほぼ無意味だ。それどころか露わになった背中に彼の手のひらが這わされ、体が震える。

「あっ」

ゆっくりとそのままうしろに倒され、ベッドを背に志貴に覆いかぶさられた。ぎゅっと抱きしめられ、二人分の体重にベッドが軋む。肌を掠める短い黒髪、吐息、彼の重みがダイレクトに伝わり、心音が相手に聞こえるのではないかと思うほど大きい。

「雅」

名前を囁かれ、耳元だったのもありつい身を縮める。ゆるやかに顔を上げた志貴と目が合った。

「もう遠慮しない。全部見たいんだ。俺しか知らない雅を見せて」

いつもにも増して艶っぽく、瞳の奥はかすかな獰猛さが揺らめく。私を気遣いながらも余裕のなさそうな声と表情は、まさに大人の男の人の顔だ。

直視できず、胸が高鳴って苦しい。目を泳がせて答えを迷っていたら、強引に口を塞がれた。

「ん……んん」

性急な口づけに私も精いっぱい応える。なにも後悔しない。たとえ今だけでも、夢ならまだ覚めないで。

けれど私に触れる彼が、これは現実だと教えてくれる。私は大好きな兄に……志貴に身を委ね、甘い快楽の波に溺れていった。

あれは私が中学一年生の頃。部活で遅くなる予定だったが、急遽練習がなくなり早めに帰宅した日のことだ。

家には誰もいないと思っていたが、玄関の鍵は開いていて姉の靴があった。姉は友人と過ごしたり、受験勉強を学校でしてから帰るなど、なにかと私より帰宅が遅いのに珍しい。

驚かそうと思い、そっと足を忍ばせ中に入る。ところがリビングに姉の姿はなく、静まり返った室内にかすかに誰かの話し声が聞こえた。

二階の自室かとこっそり階段を上っていく。誰かと電話でもしているのか。しかし部屋に近づくにつれ、なにやら叫び声に近いものを感じた。

心配になり姉の部屋のドアを開けようとしたら、姉は電話ではなく誰かと話していることに気づく。

『だから……志貴は……』

『ちょっと落ち着け』

姉の声に心臓が跳ね上がる。続けて聞こえてきたのは、大学生の兄のものだった。

玄関に彼の靴もあったのかもしれないが、帰ってきているとは思わず見逃していた。

兄妹ゲンカにしては、なにやら深刻な雰囲気だ。そもそもこのふたりが言い合ったりするのを見たことがない。姉と二番目の兄、由貴なら年齢が近いからか性格か、よくぶつかり合ってはいるけれど、それでもこんな重たい空気にはならない。

ここで、「どうしたの?」とドアを開け割って入っていくべきなのかもしれない。私たちは兄妹だから。止めに入るべきだ。慎重にドアノブに手をかけそっと開けようと試みる。しかしいざとなるとドアが開けられない。どちらの味方でもないが、どうやら姉が強い口調で志貴に突っかかっているのが伝わってくる。そんな姉を志貴が必死になだめていた。

『兄妹なんだから、無理なんだ。結ばれるわけがない。諦めるしかないんだよ』

『なんで? そんなの知らない。好きで兄妹になったんじゃない。お父さんとお母さんが勝手なだけで……』

ふたりのやりとりに頭が真っ白になる。縫いつけられたように足がその場から動かず、どっと背中に嫌な汗が噴き出した。

『静』

『どうして好きになっちゃいけないの? 兄妹だから諦めるなんてできない』

いつも大人っぽくて余裕たっぷりで私を気にかけてくれる姉の、こんな激しい一面を見るのは久々だった。もしかして泣いているのかもしれない。

『それでも無理なんだ。どうしようもないんだよ、俺たちの関係は』

優しくて、でもどこか突き放すような兄の返事はまるで自分に言われたかのようだった。少しだけ静かになり、今度こそドアを開けようとする。しかしわずかな隙間から見えた光景に目を疑った。志貴が姉を優しく抱きしめていたのだ。

あまりの衝撃に頭が真っ白になる。ややあって金縛りの解けた私はふらふらと後ずさり、気配を消して階段を下りていく。そして制服のまま外へ飛び出した。

今の会話は、なんだったの？　お姉ちゃんは、お兄ちゃんのことがずっと好きだったってこと？　抱きしめていたのはなんで？

先ほどの状況を理解しようと頭をフル回転させるもののどうも動きが鈍い。それよりも先に胸が締めつけられるように痛くて、呼吸さえままならない。

全然、知らなかった。姉の気持ち、きっぱりと姉を拒絶した兄の決意も。

幼い頃から志貴に対して抱いていた淡い恋心。血がつながっていないし、もしかしたら……とどこかで期待していた自分を叱責したい。

馬鹿だな、私。

志貴は姉自身ではなく、兄妹なのを理由に姉の気持ちを拒否していた。きっと彼にとって血のつながりがないのは関係ない。私たち姉妹が彼の妹であり家族という時点でそういう対象として見ていないし、見るつもりもないんだ。

姉や兄の想いをこんな形で知るはめになるとは思ってもみなかった。この日から姉は私以外の家族に対してどこか素っ気ない態度を取るようになり、とくに志貴に対しては露骨だった。当たり前だ。振られた相手と一緒に暮らすなんて気まずいに決まっている。そんな姉を、両親は年頃だと理解を示す一方で私は少しずつ兄妹の関係性が変わっていきそうで怖かった。

翌年、由貴は専門学校に入学して家を出て、姉も高校に入学してバイトや部活に勤しみ、志貴は自宅から大学に通っていたが就活で忙しそうで、それぞれ慌ただしい日々を送り出す。

年齢的にも仕方がないのかもしれない。けれど私は、仲の良かった兄妹四人が初めてバラバラになっていると感じる。

それでも私の誕生日に姉はプレゼントを用意してくれて、由貴はメッセージを送ってくれた。そして志貴も例外ではない。

『雅。お誕生日おめでとう』

『ありがとう、お兄ちゃん。でもいいの？　今日デートだったんじゃない？』

彼女がいても、兄は私の誕生日は予定を空けて一緒に食事をするのを優先してくれた。プレゼントも私の好みをきちんと把握したうえで、学生にはもったいないような代物ばかり。

『いいよ。彼女も大切だけれど、雅は俺にとって大事な妹だから』

彼の言葉は胸に刺さる。姉の件もあったから余計にだ。志貴にとって私はいい妹でいないと。彼が求めているのはひとりの女性としてじゃない。妹としての私なんだ。姉との関係が微妙になったからこそ、その分彼は私を妹として可愛がってくれているだけだ。

『それでも無理なんだ。どうしようもないんだよ、俺たちの関係は』

私が想いを伝えてもおそらく同じだ。あの言葉が返ってくる。わかっているから、この関係を壊すべきじゃない。私のためにも、彼のためにも。

そう思っていたのに――。

喉の渇きと肌寒さを覚えて、目を開ける。

何度この夢を見てきたのか。長く息を吐き、再び目を閉じそうになったタイミングで私は飛び上がりそうになった。それをすんでのところで止めたのは、背後から抱きしめられているのと、現状をなんとなく理解したからだ。

回されている腕は志貴のもので、昨晩の一連の出来事を思い出すと、恥ずかしさで今すぐここから消えてしまいたくなる。彼の温もりを感じられるのは嬉しいのだが、一糸まとわぬ姿でいるのは、落ち着かない。

ちょっと待って、冷静にならないと。彼が私の想いに応えてくれたから、こういう事態になったわけで……。

深呼吸して乱れっぱなしの心をどうにかしようとするが、なかなか難しい。

とにかく服を着ようとそっと志貴の腕の中から抜け出す。勢い余ってベッドからずり落ちそうになり、なんとも情けない。ベッドサイドのライトは点けっぱなしで、カーテンは閉めてあるがうっすらと外が明るいのがうかがえた。どの部屋も常に空調が整備されているので暑すぎず寒すぎないのはちょうどいいが、それでも裸でいたら身震いしてしまう。ベッドの下に落ちている服を拾おうとしたら端に寄せられ、まとめられていた。

てきぱきと着て、ちらりとベッドに視線を向ける。幸い、志貴はまだぐっすりと眠っていて起きる気配はない。

腰を落として志貴を見つめた。

お兄ちゃ……志貴の寝顔を見るなんてすごく久しぶりだ。

何度も至近距離で私を映した瞳は閉じられていて、その代わりに長い睫毛が影を作りそうだ。整った顔立ちは見ていて飽きない。掛け布団から覗く腕はほどよく筋肉がついていてしなやかだ。厚い胸板に、鎖骨のラインがはっきりとわかる。

異性だと意識して、今さらながら彼に抱かれたのだと思うと羞恥で顔も体も熱い。

しばし悩んだ後、彼の唇に軽く自分の唇を重ねた。触れるだけのほんの一瞬。それでも私の心臓は早鐘を打ち出す。

いいん……だよね？　こういうことをしても。

いざ実行してみると、照れくささより言い知れない罪悪感に襲われる。

私たち、本当に両想いなのかな？　恋人同士になったって思っていい？

次々と湧き起こる疑問を、今は本人に尋ねられないのがもどかしい。でも疲れているみたいだし、自然に目が覚めるまでは寝かせてあげたい。

「ん」

そのとき志貴が小さく声を漏らしたので、驚きのあまり硬直する。息まで止めていたら、ややあって彼の形のいい唇がゆるやかに動く。

「ご、めん。悪……かった」

眉根を寄せ、懺悔めいた言い方に目を瞬かせる。

なに？　誰に対して謝っているの？　まさか私に……。

「しず……か」

志貴が口にした名前に、目の前が真っ暗になった。どういうことなのか。あれこれ考える前に私は立ち上がった。そのまま後ずさって彼から離れる。

思考は相変わらず停止しているが、本能がこれ以上彼のそばにいてはいけないと告げてくる。

そそくさと帰る支度をして逃げるようにマンションを後にした。下腹部に鈍い痛みが走り、昨晩の熱が体の至るところに余韻として残っているのが彼との間に起きた出来事が現実だと物語っている。……つらい。

ずっと想い続けていた相手と結ばれて幸せいっぱいのはずだった。まさかその翌日に、こんな絶望を味わうなんて。

志貴は、お姉ちゃんの想いに応えなかったのを後悔しているの？　もしかして本当はお姉ちゃんを？　だったらどうして私を……。

ぐるぐると回り出す思考を一度止めた。

どちらにしても志貴の中であの一件は、いまだに大きく引きずっている事柄なんだ。

姉の存在も。私では埋められないなにかがふたりにはある。

わかっていたはずなのに、自分の考えが甘かったと叱責する。

そうなると目が覚めたときに、冷静になった彼からなにを言われるのかわからなくなった。

『兄妹なんだから、無理なんだ。結ばれるわけがない。諦めるしかないんだよ』

後悔したような、申し訳なさそうな顔をされるのだけは嫌だ。その可能性が現実としてありえるのが私たちの関係の不確かさを物語っている。

朝の大通りは人も車も少なく、心なしか空気も澄んでいる。今日も暑くなりそうだ。すがすがしい空とは打って変わって私の胸の中はどんよりと黒い雲で覆われている。

公共交通機関を使い、実家の近くまで戻ってきたときだった。バッグにしまっているスマホがヴーヴーと振動しているのに気づく。心臓がバクバクと音を立て、緊張しながらスマホを確認するとディスプレイには〝お兄ちゃん〟の文字があった。

無視するわけにもいかず、おそるおそる通話ボタンを押す。

『雅？　今どこだ？』

慌てた様子の彼に急に申し訳ない気持ちになった。

「あ、ごめん。実家のすぐそばだよ。ひとりで帰ってきちゃった」

『どうしてひとりで帰るんだ。送っていくって言っただろ』

志貴がやや怒った口調で返すので、つい肩を縮める。すると電話口の向こうで彼がハッと我に返ったのが伝わってきた。

『悪い。責めているわけじゃないんだ。ただ目が覚めて雅がいないから驚いて……』

志貴の気持ちは当然だ。私だって同じことをされたら、あれこれ想像して責めてしまうかもしれない。

「ごめんなさい」

改めてしっかりと謝る。

『謝らなくていいよ。体は大丈夫か？』

いつもの柔らかい口調になり体調を気遣われ、一気に顔が熱くなった。

「あ、うん」

あからさまに動揺する私を、電話の向こうで彼が小さく笑う。その表情は見なくても簡単に想像できた。切なさで胸が締めつけられる。

「あのね……。昨日、その……あんなことになったけれど……でも、だからって志貴にどうにかしてほしいわけじゃないから」

『は？』

意を決しぎこちなく切り出すと、面食らった彼の声が返ってくる。鼓動が一気に加速し、うまく息ができない。でも私から先に言っておかないと。

「私、ちょっと暴走しておかしかったのかもしれない。迷惑かけてごめんね」

早口に捲し立てると、少しだけ沈黙が流れた。志貴の考えが読めず、お互いになかったことにしようと言われる覚悟をする。

『……後悔、しているのか？』

ところが彼から発せられたのは悲しそうな問いかけで、一瞬で頭が真っ白になる。

それは志貴の方じゃないの？

「雅？」

そう返そうとした瞬間、違うところから声をかけられ肩がびくりと震えた。

「お、お母さん!?」

そこには並んで歩く両親の姿があり、必要以上に狼狽える。

「あ、その志、お兄ちゃんのところから帰ってきたところ。今、無事に着いたって連絡してて」

きちんと連絡していたはずなのに、うしろめたさもあって聞かれてもいないのに説明する。なんとなくその流れで母にスマホを渡した。母は志貴とにこやかに会話を始める。

「出張前の忙しいところごめんなさいね。お土産？　いいわよ、気にしなくて」

その間、父に事情を聞くと久しぶりに家の近くにある喫茶店に母とモーニングを食べに行こうとしていたらしい。「雅も行くか？」と訪ねられ、頷く。

そこで電話を終えた母からスマホを返された。志貴との会話があんな形で中断したことを残念とするのか安堵すべきか。

「あんまり不用意にお兄ちゃんのところに行っちゃだめよ」

母のたしなめに不意打ちを食らい、心臓が跳ねる。

「志貴くんだって仕事とかあるし、もし彼女とかいたら悪いでしょ？」

「う、うん」

続けられた言葉にぎこちなく返す。私たちの関係に釘を刺されたのかと思ったが、どうやら違うらしい。

「とはいえ志貴は昔から雅を一番可愛がっているからなぁ」

「本当。雅は私よりも志貴くんの言うことの方がよく聞くもの」

父の切り返しに母も同意して笑った。そして歩き出すふたりに続く。

もしもお母さんとお父さんは私と志貴との関係を知ったらどう思うのかな？　ショックを受ける？

してているわけない。長年隠して募らせ続けた想いを、昨日本人にぶつけて受け入れてもらえた。幸せだった。

でも、この先も続いていくのだと能天気に受け入れるのは間違っている。告白してOKをもらえてすべてがうまくいくと思えるのは学生の頃までで、私ももう大人になった。だからたった一度の体の関係だけで、舞い上がっちゃいけないんだ。

ましてや私と志貴は血のつながりがないとはいえ兄妹なんだから。

その日、志貴から何度か着信があったが結局、タイミングもあって電話を取れなかった。本当はお互いの気持ちをきちんと確認するべきだ。でも彼は明日から出張でなにかと慌ただしいだろう。なにより朝に聞いた彼の寝言が頭から離れず、冷静に向き合える自信がなかった。

彼の出張は一カ月だと言っていた。それほど離れたら、お互いの気持ちや関係を落ち着いて見つめ直せるかもしれない。その結果、なかったことにしようという結論になっても私は彼を責められない。それも覚悟しておこう。

第三章　戸惑い最中の電撃プロポーズ

九月後半に差し掛かってもまだ日中の気温は高く、会社でも家でもエアコンはフル稼働している。夏の疲れが慢性的に抜けない中、私は仕事に忙殺されていた。ＳＮＳを駆使し、若手売れっ子俳優を起用したＣＭで大々的にＰＲする予定の新商品が間もなく販売する。プレスリリースを担っていた私は忙しさに目が回りそうだった。まだ先輩のアシスタント的な存在とはいえマスコミ各社への資料の作成や関係者への商品の感想記事の依頼などを担い、勉強しなくてはならないことも多い。

逆に販売が開始したら少しは余裕も生まれそうだ。代休も溜まっているからちゃんと消化していかないと。

仕事が忙しい分、余計な考えに囚われずに済むのはありがたかった。志貴からは時折、近況報告を添えた現地の写真が送られてきて、私も空いた時間に返事をする。今まで通りの兄妹のやりとりだ。

このまま何事もなかったかのようになるのかな？

ふらふらで帰ってきて、ベッドにうつ伏せになる。暑さにやられたからなのか、最近疲れやすく微熱が続いている。とにかく休むのが一番だとは思うけれど、新商品が無事に販売されるまでは踏ん張らないと。

仕事自体は好きなので不満はないが、無理して体を壊したら元も子もない。

翌週、満を持して新商品は販売され、滑り出しは好調らしく評判や売れ行きは上々のようだと報告があって胸を撫で下ろしていた。終業し、来月にはまとまった休みを取ろうと手帳を確認する。

あれ?

そこで今月生理がまだ来ていないことに気づく。忙しかったからあまり気にしていなかったが、元々規則正しくある方だったのでこんな事態は珍しい。ホルモンバランスが乱れているとか?

それにしたって二週間近くも……。

ふと、ある考えが過ぎって息を止めた。

まさか、と思ってとっさに腹部に手を当てる。そんなはずない。でも、どうして言い切れるの?

とにかく会社を出て、私はスマホの検索画面を開く。【妊娠　可能性】【妊娠　初期症状】といった文字を打ち込みながら、手が震えてしまう。見えない重圧に押し潰されそうな感覚になんだか泣きそうだ。

きっと違う。違っていてほしいと願う私は罰当たりなの？

志貴から帰国する日を知らせるのと共に、会いたいというメッセージをもらい、私は素直に応じた。

帰ってくる日がちょうど金曜日で、土曜日の午後に私が彼のマンションに赴くことにする。

志貴と会うのは、あの夜以来で気まずさを感じないわけはない。けれど今はそれ以上に、彼に会わなければならない理由があった。伝えなくてはならないこともある。

「おかえり。疲れているところごめんね」

ホワイトの半袖ロングワンピースにブラウンのカーディガンを羽織り、極力いつも通りを装って志貴のマンションに顔を出した。

「いいや。雅にお土産もあって渡したいと思っていたんだ」

やはり志貴の顔には疲労の色が滲んでいた。当然だ。仕事で一カ月も海外にいたのだから。時差もあって文化も異なる中、仕事のために気も張っていただろうし。

リビングには開けっ放しのスーツケースが置いてあり、乱雑としている。帰国したばかりで申し訳ない。会いに来たことも、これから告げなければいけない内容も。

ぼんやりと部屋の中に視線を飛ばしながら、どう切り出すべきなのか迷っていた。

その前にこの間の件についても話さないと……。

「雅」

逡巡していたら名前を呼ばれ、顔を上げる。

「体調でも悪いのか？　あきらかに顔色が悪い」

さっと血の気が引き、急いで否定しようとした。

「そ、そんなこと……」

「あるよ。わかる……今にも泣き出しそうなのも」

きっぱりと言い切ると、最後は困惑気味に微笑んだ。やっぱり志貴には敵わない。

堪えていた涙があふれそうになるのを目に力を入れて必死に我慢する。

再びうつむいた私をうかがうように、彼は背を屈めて下から覗き込んできた。小さい頃も、こうやって彼がよく話を聞いてくれた。

「雅、どうした？」

変わらない優しい声と表情に、視界が一気に滲む。

「あの、ね」

「うん」

どうしよう。子どもみたいだ。これから告げるのは責任を伴う大人の話なのに。

「あの」

ぐっと唾液を飲み込む。緊張で口の中が一気に乾いた。

「妊、娠……したの」

音になったのか、ならなかったのか。蚊の鳴くような声で告白する。

「その、志貴との」

慌てて付け足す。この状況で他の男性との、とは思われないだろうが言わずにはいられなかった。心臓が破裂しそう。志貴からはどんな反応をされるのか。何度も想像してみたが、結局予想できなかった。

「わ、私は」

彼の顔が見られないまま沈黙が流れる。耐えられなくなり、なにか言おうとしたら突然目の前が真っ暗になった。

「雅、結婚しよう」

立ち上がった彼に真正面から抱きしめられたと認識したのと同時に耳元で信じられない言葉が聞こえる。目を瞬かせる私に対し、志貴はゆるゆると腕の力を緩めて私の顔を見てきた。

「その様子だと、ひとりでずっと不安を抱え込んできたんだろ？　もうなにも心配しなくていい。雅もお腹の子も俺が守っていくから」

彼の口調は力強く、迷いはない。

「待っ、て……」

「待つってなにを？　籍を入れるのは早い方がいいんじゃないか？」

妊娠しているのなら、と勝手に脳内で補足する。志貴の言い分はもっともだ。生まれてくる子どものことを考えたらそうかもしれない。

妊娠をきっかけに結婚するカップルなんてたくさんいる。けれどそれは、長年付き合っていたとかそういう関係の延長線上におそらくあるもので、私たちは付き合ってもいなければ、さらに兄と妹として接してきたのだ。急な展開に心が追いつかない。

反応が鈍い私に、志貴はかすかに眉をひそめた。

「もしかして子どもを諦めたいのか？」

彼の問いかけに瞬時に噛みつく。

「そんな選択肢ない！　あるなら最初から志貴には相談せず自分で……」

最初の勢いは徐々に削がれ、具体的には言えなかった。とはいえ強い気持ちだけで、妊娠や出産はどうにかなるものでもない。これからに対して、不安がないわけではなかった。

志貴は労わるように私の頬を撫でる。

「嫌な言い方をして悪かった。わかっているよ、雅がそんな人間じゃないって」

私は志貴ほど偉そうなことは言えない。妊娠を告げて、少なからず拒絶されるのも覚悟していた。諦めようと諭される可能性があるのも。

そんな人じゃないと思っていたけれど、絶対の自信は持てなかった。それが申し訳ないのと、志貴は志貴だと安堵する気持ちが混ざり合う。

「でも、結婚って……」

「雅が望んでくれたんじゃないのか？」

おそるおそる尋ねたら、志貴は即座に返してきた。

『いい。私が望むものは……ずっと前からひとつだけなの』

望んでもいいのかな？　志貴だけじゃなく、お腹の子も。こんな欲張りでばちが当たらない？

「俺に叶えられるのなら、雅の希望はなんでも聞くよ」

余裕ある笑顔に小さく頷く。続けてさらに顔を近づけられ、目を閉じると唇に温もりを感じた。緊張で体にずっと力が入っていたのが、ふっと抜けていく。唇が離れ、彼を真っすぐに見つめた。

「私も……私にできるのなら、志貴の希望を叶えたい」

与えられるだけではなく、なにかしら与える存在になりたい。ずっと甘えっぱなしだったけれど、兄妹ではなく夫婦になるのならその関係も変えていかないと。

「なら雅は俺と結婚するんだ。それから……俺は生んではしいよ。俺と雅との子どもを」

「……はい」

私の意思を尊重するだけではなくて、それに彼も寄り添ってくれる。志貴を好きになってよかった。

瞬きを何度か繰り返すが、涙腺がもうそろそろ限界だ。

涙を拭おうとしたタイミングで再び口づけられる。今度は不意打ちだった。けれどすぐに甘いキスに溺れていく。何度も唇を重ねられながら、さりげなく彼の親指が目元を滑った。あの夜の記憶と熱が呼び覚まされる。

「雅に会いたかった」

キスの合間に艶っぽく囁かれ、目を細めた。

「本当？」

「ん、会いたかったよ」

下唇を軽く吸われ、お返しとばかりに自分から舌を差し出して彼の上唇を舐め取る。わずかに目を丸くした志貴に満足すると、至近距離で目が合いそれから口づけは深いものになった。

「ふっ……ん」

唇の柔らかさも厚い舌の感触も、全部志貴に教えてもらった。キスがこんなにも心地よくて甘いものだって知らなかった。きっと彼にされることは、なんでも気持ちいい。

くらくらして無意識に彼の背中にしがみつくように腕を回す。すると志貴も私を支えるように強く抱きしめ直してくれた。

もう十分に口づけを交わしているはずなのに、ちりちりと灼けるように胸が熱くなり彼をさらに求める気持ちが大きくなっていく。唾液の混ざり合う水音は、脳と耳のどちらから捉えているのかわからない。

志貴のシャツをぎゅっと掴むと、彼からそっとキスを終わらせた。

「あ」

あからさまに名残惜しそうな反応をしてしまい、とっさに目を伏せる。はしたないと思われたらどうしよう。

ひそかに羞恥と後悔の渦が回り出しそうになる。すると志貴は私の額にそっと口づけを落とした。

「雅があまりにも可愛いから……調子に乗った」

そう言って苦笑する彼をむしろ私は可愛いと思ってしまった。口にはしないけれど、こんな志貴の表情は初めて見るかもしれない。

胸を高鳴らせていたら、志貴はふと真面目な面持ちになった。

「体調は、大丈夫なのか？」

「うん。まだ、そのつわりとかはたぶんないと思うんだけれど、ちょっといつもよりだるさと眠気がある感じで……」

妊娠が関係しているかどうか判断できないほど曖昧な状態だ。インターネットで調べたが、妊娠初期の症状は様々で一概にこれとは言えないらしい。

「だったら少し横になるか、休んだ方がいいんじゃないか？」

急に彼が心配し出すので、慌てて否定する。

「だ、大丈夫！　志貴こそ休んだ方がいいんじゃない？　疲れた顔をしているよ？」

彼こそ海外出張から帰ってきたばかりだ。それを承知で押しかけたが、伝えたかったことは言えた。さっさと退散すべきだ。

志貴は軽くため息をついて、自身の前髪を掻き上げる。

「実は時差ボケもあって、かなり眠いんだ」

さっと血の気が引き、とっさに志貴から離れようとした。これ以上、彼に迷惑をかけるわけにはいかない。

ところが腰に回されていた腕に力が込められ、逆に志貴の方に抱き寄せられる。

「だから一緒に寝よう」

まるで子どもみたいな誘い方だった。おかげで、なにを言われたのかすぐに理解できない。志貴を二度見したら、彼は不敵な笑みを浮かべて、額を重ねてきた。

「雅を抱いて寝たいんだ」

低く囁かれ目を瞠る。硬直する私に志貴はちゅっと音を立てて唇を重ねる。

「雅が腕の中にいたら、きっとよく眠れると思う」

意地悪く告げられ、私の反応を楽しんでいたのだと悟る。

「私は……抱き枕じゃないよ」

唇を尖らせ答えたものの意識していたのがバレバレだ。今度は頬に唇を寄せられる。

「そうだな。とにかく雅に触れていたいんだ。でも雅に無理をさせるのは」

最後まで待たずに、今度は自分から彼に抱きつく。

「私も志貴と一緒にいたい」

やっぱり彼の方が何枚も上手だ。こうして私を最終的には甘やかしてしまうんだから。


遮光カーテンで閉じられた寝室は、昼間にもかかわらず薄暗く、どことなくひんやりとした夜の世界を思わせる。さすがに服のままベッドに上がるのは憚られ、この前ここに泊まったときに借りたグレーの部屋着に着替え直し、志貴に抱きしめられる形で横たわった。

いざこの体勢になると妙に緊張してしまい、身を硬くする。このままでは逆に眠れない。

対する志貴は慈しむように私の頭を撫でた。

「病院には？」

「まだ……検査薬を使ったの」

小さく答える。妊娠検査薬を買うのはすごく勇気が必要だった。使うのも、結果を待つ間も、妊娠が判明した後も……ずっと不安だった。

「そうか。タイミングが合えば俺もついていくから」

それが今、彼のおかげでまとわりついていた黒い靄が晴れていく。

「起きたら実家に送っていくから。そのとき父さんと母さんにも話そう」

「う、うん」

父も母もどんな反応をするだろう。間違いなく驚くだろうし、付き合うことになった報告ならいざ知らず、すでに妊娠しているなんて告げたら……。

「大丈夫。俺から説明するから。雅は心配しなくていいよ」

「そんなっ。私も自分の口からちゃんと言うよ」

顔を上げて反射的に返す。志貴だけに負担や責任を負わせるわけにはいかない。対等な存在になるって決めたばかりだ。

志貴は虚を衝かれた顔になった後、ふっと微笑んだ。頬を撫でられ唇を重ねられる。

「わかった。今はひとまず休もうか」

心なしか瞼が重そうで、私は軽く頷き甘えるように彼に身を寄せる。

「今度は勝手にいなくならないでくれ」

「……はい」

伝わってくる彼の体温や心音に安心し、目を閉じて大きく息を吐く。ふとまだ彼に言っていない自分の中の疑問を口にするべきか、悩んだ。

『しず……か』

姉の件について触れるべきなのか。

「あの……志貴は、本当は……」

そこで身動ぎして気づく。志貴の目は閉じていて規則正しい寝息を立てていた。やはり相当疲れていたらしい。

上目遣いに彼の様子を見て、再び目を閉じる。両親の反応は正直、怖いところもあるがきちんと伝えないと。大丈夫。彼がそばにいてくれるのなら、きっと乗り越えられる。私はひとりじゃないんだ。まだ自覚はないが、新しい命が宿っている自分の腹部にそっと手を当てた。

『え、嘘!? 本当に？』

電話の向こうから珍しく素っ頓狂な声が響いた。予想通りと言うべきか。

『お父さん、お母さんすごく驚いていたんじゃない？』

「うん。お母さんは、今のお姉ちゃんの反応とまったく一緒だったよ」

二日前に両親への報告を無事に済ませた後、今後の方針なども話し合ってから私は姉に久しぶりに電話をしていた。

志貴を好きだった姉になんて言えばいいのかすごく迷ったが、言わないわけにもいかない。むしろ両親の次に報告したい相手だ。

ぎこちなく切り出すと、姉は驚きつついつも通りだったので一気に緊張がほぐれる。

志貴のマンションの寝室で目覚めたとき、先に起きていた彼と至近距離で視線が交わり、驚きで飛び起きそうになった。それをすかさず腕を引かれて制される。

『雅の寝顔を見ていたんだ』

さりげなく告げられ、なんだか照れくさくなる。寝ている間に髪もメイクもすっかりボロボロになっていて居た堪れない。そもそも私よりも志貴はちゃんと眠れたんだろうか。尋ねようとしたら、彼は私を優しく抱きしめた。そうしているとまた眠気が襲ってきそうになり、自分を奮い立たせて彼から離れる。

お土産を渡すついでに、と実家に顔を出した志貴を両親は歓迎した。あれこれ出張や仕事の話で盛り上がったのち、志貴から『改めて話があるんだ』と切り出した。

『雅と結婚したいと思っている』

目が点になるって本当にこういう顔なんだ、と緊張しながらも似たような両親の表情を見て冷静に思った。それからどれくらい間があったのか。

『え、嘘⁉　本当に？』

『お前たち、いつから……？』

母は持っていたカップを落としそうな勢いで、穏やかな父もあきらかに動揺しているのが伝わってくる。

『私がずっと片思いしていて、私から告白したの』

ここは、はっきりさせておかなければと思っていた。さすがに一カ月前から、とは言えず、車の中で志貴と話していた通り、付き合い出したのは半年ほど前からだと話す。

さらには妊娠していることも告げたら、母は驚いたのと同時に体調を心配してくれた。そこからは現状を素直に話す。まだ病院には行っておらず、出張に行っていたので志貴本人にも今日告げたことなど。

志貴は早めに入籍したい旨、それに合わせて私の体調や妊娠経過を考慮しながら彼のマンションで一緒に住むのを考えていると説明していった。

『結婚を認めてくれる？』

おずおずと両親に尋ねると、ふたりは顔を見合わせて苦笑した。

『反対はしないわよ。ただ、なにも知らなくて仲のいい兄妹だって思い込んでいたから、驚いて……』

『親として、子どもたちが幸せならそれが一番だよ。ふたりともおめでとう』

母と父の言葉に、また涙が出そうになった。志貴への気持ちもずっと隠していて、うしろめたさを感じていた。何度も家族も騙しているような感覚に陥った。

けれどもういいんだ。堂々と自分の気持ちに胸を張って、志貴のそばにいてもかまわないんだ。

泣きそうになる私の頭を志貴が優しく撫でる。こうして、幸せを噛みしめながら無事に両親への報告を済ませられた。


『そっか、よかったわね。雅』

両親とのやりとりを簡単に姉に説明すると、姉は安堵めいた声で返してきた。

『でもよく考えたら、志貴と結婚したら名字も変えなくていいから諸々の名義変更の手続きもしなくていいし、義理の実家との付き合いもないし、いいこと尽くめじゃない！』

なんだか、どこかで聞いた覚えのある内容だ。実際に結婚して実家を離れ、名字も佐生から高橋に代わり、義実家との付き合いもある姉からすると、具体的にそういう観点に目がいくのかもしれない。

ちなみに結婚式は簡単でいいので産前に行うことにした。正直、妊娠した以上は諦めるつもりだったが、そこは両親の勧めと志貴が私の本音を汲んで提案してくれた。

純白のウェディングドレスに憧れがなかったといえば嘘になる。

私も花嫁さんになれるんだ。しかも志貴が相手なんて。

姉に結婚式についていくつか質問したのち、今度は私から姉の近況を尋ねる。

「お姉ちゃんの方はどう？」

『元気よ。こっちは相変わらず、仕事に精を出しているわ』

姉の夫とは結婚式で会ったきりだが、姉と同い年で感じもよく、仲の良さそうな雰囲気が伝わってきた。

『うちのところは、子どもはしばらくいらないって言われてね。だけどまさか雅に先を越されちゃうなんて』

からかい交じりの姉に苦笑する。子どもに関しては夫婦でそれぞれの考え方や事情があるので、下手に口出しはできない。

『本当におめでとう、雅。また機会見て実家に帰るからね。もちろん結婚式も行くわ』

「うん。お姉ちゃんも無理しないでね」

実家から遠く離れた土地で、仕事をしながら結婚生活を営んでいる姉は本当にすごいと思う。

『志貴となにかあったらいつでも言ってきて。私は雅の味方だから』

頼もしい発言に胸が熱くなる。兄ふたりが大好きなのには変わりないが、やはり兄妹の中でも姉は特別だ。

「ありがとう」

『志貴と幸せになってね……私はだめだったから』

ところが、ふと姉が漏らした発言に心がざわめいた。

「お姉ちゃん、それって」

『あ、ごめん。夫が帰ってきたみたい。またね、雅。体に気をつけるのよ』

追及しようとしたら、電話は切れてしまった。

今のは、なんだったんだろう？　思わせぶりと言うよりは、つい言ってしまったという感じだった。やっぱり過去に志貴とひと悶着あった件についてだろうか。

あそこまで姉を妹だからとはっきり拒否していたのに、志貴はどうして私を受け入れてくれたの？　姉とのいざこざのときは、志貴も姉もまだ学生だったからあんなふうになったのかな。私を受け入れてくれたのは、成人していたから？　だめだ。余計なことを考えるのはやめよう。

思考が深みにはまりそうになるのを頬を軽く叩いて止めた。

続けてスマホの連絡帳から別の名前を探す。両親、姉ときたら彼にも言わないと。おそらく志貴からは言わないだろうし。もうひとりの兄、由貴の顔を浮かべながら、私はスマホを操作した。


母に勧められた産婦人科を予約して、ついに病院に足を運んだ。志貴はついていくと言ってくれたが、平日の午後で仕事との都合をつけるのが難しく私ひとりで向かう。初めてで緊張したが、院内はオルゴールのＢＧＭが流れ、優しい雰囲気に包まれていた。

受付の人も親切で、問診票に記入し体温や血圧などを測り名前を呼ばれるのを待つ。当然だが、待合室にはお腹の大きい妊婦さんが何人もいて、旦那さんが付き添っている人も多かった。自然と温かい気持ちになる。

先にインターネットなどである程度調べていたので、内診などの流れは理解していた。とはいえやはり緊張してしまう。

「佐生さん、見えますか？　これが赤ちゃん。心臓もしっかり動いているし、子宮外妊娠の心配もないですね。おめでとうございます」

内診の途中、カーテンが少しだけ開いてモニターだけ映し出され、先生が説明してくれた。

本当に自分のお腹には志貴との赤ちゃんがいるんだ。

白黒のモニターの中に映る小さな存在に、夢ではないんだと改めて実感する。

それから出産までの週数やその都度行う検査などが記された表が渡され、今後の流れなどを説明される。

「予定日は五月十日。でもあくまでも目安です。一般的につわりの症状が出てくる時期になりますが、人それぞれですから。無理はしないでくださいね」

「はい、ありがとうございます」

年配の男性医師だが、とても気さくで物腰が柔らかい。母子手帳をもらうための妊娠届出書などいくつかの資料を手渡され、今日の診察は終了となった。

病院を出て、夢見心地のまま志貴に電話をかけた。出られないかもしれないが、連絡してほしいと言った彼のために。

『雅。どうだった？』

相手数コールで電話に出た。今、電話は大丈夫なのかと確認したうえで私は切り出す。

「うん。無事に妊娠していました。今七週目で予定日は来年の五月だって」

『そうか。次の病院は？』

どうやら次の検診にはついていくつもりらしい。

「今日行って思ったけれど、志貴はついてこなくて大丈夫だよ」

苦笑して答える。

お腹にエコーをするのをイメージしていたが、あれは当分先らしい。

『雅が心配なだけだ』

けれど彼にとってそれは、たいした問題ではないようだ。過保護なのは昔から変わらない。このまま役所に母子手帳をもらいにいく旨を伝え、ひとまず電話を切った。

役所に向かう途中で、もらったエコー写真をこっそり見ては、穏やかな気持ちになる。妊娠検査薬で陽性反応が出たときからわかってはいたが、病院で改めて妊娠を診断され、これからどんどん大きくなっていくであろうお腹の中の子に自然と愛しい気持ちが湧いていた。

平日の午後だったが、部署の関係か役所ではわりと待たずに手続きしてもらえた。

母子手帳と妊娠や出産に関する行政のサービスなどがまとめられた資料をどっさりもらう。その中にはよく見るマタニティマークも入っていた。

病院でもらったものとひとまとめにしようと待合用の椅子に腰掛け整理しているときだった。

「雅？」

不意に声をかけられ、心臓が跳ね上がる。きょろきょろと首を動かし、相手を視界に捉えた。

「伯母さん」

彼女を見た瞬間、苦々しい感情が広がる。母の姉である伯母が、私は幼い頃からあまり得意ではなかった。私への態度はさることながら妹である母に対する彼女の振る舞いが、いつもいいものではなく、子どもながらに苦手だった。向こうも私を好いてはいないだろう。

「どうしたの、こんなところで？　そもそも持っているのはなに？　妊娠!?　結婚は？　相手は誰なの？」

私の持っていたものを目にした途端、ものすごい勢いで詰め寄ってくる。彼女に話す義理はないし正直話したくないが、誤魔化したところで無意味だ。

「実は……」

どうせいつかは知られるのだからと自分に言い聞かせ、短く説明する。すると伯母の顔はどんどん嫌悪感で歪んでいった。

「はー。だから再婚なんて反対したのよ。血のつながらない異性の子どものいる相手となんて」

まさかの母に対する批判から始まり、慌てて否定する。

「ちょっと待って。付き合い出したのは半年前で」

「そんなの関係ないわ。義理とはいえ兄妹で恥ずかしい。しかも子どもまで？」

私の言葉を遮り、きっぱりと言い切る伯母の言葉に少なからずショックを受ける。

伯母はこういう人だ。母の再婚もよく思っていなかったし、しょうがない。

けれど聞き流すのはできなかった。

「なに？　向こうから言い寄ってきたの？」

「違う！　私が好きで……私から告白したの。彼はそれまで私のことなんて全然異性としては……」

語尾が弱くなっていくのに対し、心臓はドクドクと音を立て、鼓動は速くなっていく。

「とはいえねぇ。志貴くん？　だったかしら。彼も悪いわよ。大人なら世間体も考えて、ちゃんと突き放さないと」

「私たち、なにも悪いことなんてしていない！」

返した言葉が想像以上に大きくなり、ハッと我に返る。気づけば周りの注目を浴びていて、伯母は気まずそうに顔をしかめた。

「まぁ、そうね。責任を取ってくれるだけよかったじゃない」

それでフォローのつもりなのか。最後まで人の神経を逆撫でする伯母に、悔しさと怒りで腹が立ってぎゅっと握りこぶしをつくった。

嫌な人だと切り捨ててしまえばいい。ところが彼女の発言が的確に痛いところを突いて、傷ついている自分がいるのも事実だ。

わかっている。みんながみんな祝福してくれるわけじゃない。私たちの元々の関係を知って、伯母みたいに色眼鏡で見て偏見の目を向けてくる人だって一定数いるだろう。予想はしていた。だから私自身悩んだ部分だって大きい。

私はなにを言われてもいい。でも私のせいで志貴が悪く思われたり、悪く言われるのだけは絶対に嫌だ。

『兄妹なんだから、無理なんだ。結ばれるわけがない。諦めるしかないんだよ』

志貴が言っていたのはこういう事態になりたくなかったから？

軽く頭を振り、私は腹部にそっと手を当てた。

「ごめんね。もっと強くならなきゃね」

意を決し立ち上がって、その場を去る。ズキズキと響く胸の痛みは、気づかないふりをした。


両親に私たちの関係を告げてから、志貴は仕事帰りに実家に寄るようになった。私と過ごす時間を少しでも確保するためと彼は言っていたが、実際に志貴が来るようになって、私よりも両親の方が喜んでいる気がする。

子どもが四人いて、わいわいと賑やかな食卓が当たり前だった我が家だが、今では広々としたダイニングを私と両親だけで使っていた。姉は距離的な問題で、由貴は多忙でめったに帰ってこないし、志貴がひとり増えるだけでも、まったく違う。

会話は弾み、産婦人科での話や渡された母子手帳を見せながら、楽しい食卓となった。

食後、私の部屋で志貴と今後の段取りについて話し合う。ひとまず引っ越しは私が身重になる前にするべきだという意見で一致し、入籍も今月中に六曜を見て一緒に婚姻届を提出しようという話になった。

志貴と今後の話をしていると自然と気持ちが前を向ける。

「雅、なにかあったのか？」

「え？」

だから彼から突然そう切り出され、不意打ちに目を丸くした。

「なんとなく元気がないから。なにか嫌なことでもあったんじゃないかって」

「な、なんでもないよ！」

志貴の洞察力の高さには脱帽してしまう。それとも私が、あからさまに落ち込んでいる顔をしていたのか。あたふたとする私の頬を志貴は両手で包み込み、自分の方へと向けた。

「嘘つくな」

「ついてない」

とっさに否定したものの彼の真剣な眼差しに、気持ちが揺らぐ。私の心に黒い影を落としているのは、間違いなく伯母に会っていろいろ言われたからだ。でも、それをさっきの食卓では話題にしなかった。志貴には私の妙な空元気を見抜かれていたのかな。

「ほら。正直に言え」

「言わないとどうなるの？」

わざとおどけて返してみる。すると志貴はおもむろに顔を近づけてきた。

「キスする」

反応する前に唇を重ねられ、目を閉じる暇もなかった。反射的に顎を引く。

「こ、ここ実家！」

小声で志貴に噛みつく。キスとはいえ一階には両親がいる中、どうしても言い知れない気まずさと背徳感があった。しかし志貴は口角を上げ不敵に笑う。

「そう。だからさっさと白状するんだ」

言うや否や唇が重ねられ、抵抗しようにも頬に添えられた手が力強く、離れない。

「んっ」

触れるだけのキスなのに、強く拒めない。それどころかホッとして受け入れたくなる。志貴の思惑など忘れて、彼から与えられる口づけに身を委ねていると、根負けしたのは志貴の方だった。

「たしかに。兄妹として育った実家でこれ以上雅に触れるのは、なかなかうしろめたいな。大事な妹だって思い出させる」

唇を離した彼が複雑そうな面持ちで呟く。妹扱いはやめてほしいのに。

「だからそういう顔は、俺のマンションでいるときだけにしてほしい」

続けられた内容に一瞬で頬が熱くなる。私はどんな表情をしていたの？

目を泳がせ挙動不審になる私に対し、志貴は目を細めてそっと額にキスを落とした。

「あまりにも可愛くて無防備だから、調子に乗りそうになる」

困惑顔で微笑む志貴に、私は目線をやや落として口を開く。

「あの……無事に妊娠しているって知って嬉しい反面、不安もあって……。つわりとか、仕事のこととか。これからどうなるのかなって……でも、そういうのをあの場で口に出せなくて」

志貴の疑問に答える形で自分の心情を吐露する。伯母の件はやっぱり言えない。でもこれも私の本音だ。

お腹に赤ちゃんがいると実感できた反面、不安や心配も大きく膨らんでしまった。だってなにもかもが初めてだ。

妊娠は順調にいくかな？　ちゃんと出産できる？　そもそも私が母親になれるかな？

前を向くしかないとわかっているから余計に飲み込むしかなかった。マイナスなことを考えてしまうと、志貴や赤ちゃんにも申し訳ない気がして。

「そうだったのか。たしかに妊娠して、男はなにも変わっていないのに、雅は心情的にも体調的にもたくさんの変化がこれからも待ち受けているし、いきなり全部受け入れられるわけないよな。不安や心配になって当然だよ」

志貴は腰を落とし、私と目線を合わせて優しく語りかけてきた。

「代わってはやれないけれど、そういった気持ちもちゃんと言ってほしい。雅がひとりで抱える必要はない。頼ってほしいんだ」

「でも」

つい反論しそうになったが、志貴に抱きしめられ続きは声にならなかった。

「反論はなし。俺は雅の夫で、子どもの父親になるんだ。甘やかさせてもらわないと」

もう十分、甘やかしてもらっている。言葉にする代わりに、私は彼の背中に腕を回した。しばらく志貴の温もりと堪能する。

「今度、デートしよう」

沈黙を破ったのは志貴で、顔を離し彼をちらりと上目遣いに見た。

「もちろん雅の体調を最優先で」

「どうしたの?」

嬉しい申し出ではあるが、改まっての提案につい質問する。志貴は私の頭を大きな手のひらで撫でた。

「籍を入れる前に、恋人として雅と過ごしたいと思って」

わざとおどけた言い方をしているが、これは志貴なりの気遣いだと悟る。

ずっと片思いしていたとはいえ、義理の兄妹から突然、恋人や婚約者を通り越して、子どもの親の立場になって、まだ気持ちが追いつけないでいる私への。

ちゃんと段階を踏もうとしてくれているんだ。

「嬉しい。ありがとう！」

笑顔で答えると彼と目が合い、どちらからともなく唇を重ねる。

ずっと一緒に暮らしていて片思いしていた彼と、この部屋で口づけを交わす日が来るなんて思いもしなかった。

不思議な感覚にいつもより胸がドキドキする。志貴はどう思っているんだろう。

名残惜しくキスを終えた瞬間、母からデザートがあると階下から呼ばれ、現実に引き戻される。結婚を告げても、両親にとって私たちが自分たちの子どもなのは変わりないようだ。それが嬉しくもありくすぐったい。

同じように思ったらしい志貴とお互いに顔を見合わせて噴き出した。

第四章　義兄妹の関係に揺れる初デート

もしかして私はあまりつわりがひどくないタイプなのかな？

倦怠感や微熱っぽさはあるが、つわりの代表的な症状である嘔吐は今のところなかった。常に口の中に苦みが広がっている感じはあるけれど、我慢できないほどでもない。

十月に入り、ずいぶんと過ごしやすい季節になった。土曜日、今日は志貴との約束の日で、私は昨日からそわそわと落ち着かなかった。

今まで家族ではもちろん、ふたりで出かけたことは何度かある。でもはっきりと〝デート〟と明言したおかげで、くすぐったい気持ちでいっぱいになる。

私の体調を考慮して遠出はせず、幼い頃に家族でもよく出かけていたコスモス畑を見に行くことになった。この時期にしか見られないコスモスが一面に広がる景色は圧巻だ。

仕事中はともかく私服はゆったりした服装を心がけるようになった。今日は袖と裾がフリル仕立てになっていて腰回りにはレースがあしらわれているブラウンのワンピースを選んだ。

「おはよう。わざわざありがとう」

実家まで迎えに来てくれた志貴を出迎える。今日の彼は白のインナーに薄手のジャケットを羽織り、カーキ色のチノパンを組み合わせていた。さりげなく秋らしさを取り入れ、そういう細かいセンスやスタイルのよさも相まってモデルみたいだとよく言われるのも納得できる。顔も申し分なく、異性からモテるのも無理はない。

そんな彼が私を選んでくれたなんて、やっぱり夢なのかな。

「体調は？」

「だ、大丈夫！」

見惚れていたら尋ねられ、慌てて答えた。

「無理せず気分が悪くなったらすぐに言えよ」

「ありがとう。でも今日をすごく楽しみにしていたから」

この言い方、子どもみたいだと思われるかな？

ヒールのないパンプスを履いて外に出る。風がやや冷たいが、太陽が照らしている日なたはぽかぽかだ。

「昔から雅は、コスモスを見に行くとき大はしゃぎしていたよな」

案の定、懐かしそうに返され唇を尖らせる。

「そうじゃなくて、志貴とのデートだから楽しみにしていたの」

やや早口に訂正し、ふいっと視線を逸らして彼の車に歩を進める。

いつもより髪も編み込んで丁寧にまとめ、おしゃれにも気合いを入れたのを志貴は気づいているんだろうか。

彼にとっては私と出かけるのなんて今さらで、改めてあれこれ思う必要はないのかもしれない。

助手席に乗り込み、髪先にそっと触れた。私だけ変に意識していたのかな。妊婦だし張り切りすぎた自分が逆に恥ずかしくなった。

「雅」

名前を呼ばれ隣を見たら、志貴は微笑みながら私の頭に手を乗せた。

「ありがとう。俺も雅とデートするのを楽しみにしていたよ」

完全な不意打ちに心臓が跳ねる。このタイミングでその切り返しはずるい。しかし志貴は頭を撫でながら優しい眼差しを向けてくる。

「俺のために可愛い格好をしてくれたんだな。よく似合っている」

とっさに反論しそうになるのを堪える。だってその通りだから。どうやら志貴には最初から全部お見通しだったらしい。

恥ずかしさでなにも言えず顔を背けようとしたら、彼が頬に手を伸ばしこちらに身を乗り出してきた。

「え……」

気づけば唇が重ねられ、目を瞠る。彼が離れ、ワンテンポ遅れて体中に動揺が走った。

「晴れてよかったな」

「う、うん」

なんでもないように話題を振られ、車は動き出した。早鐘を打つ心臓をぎゅっと押さえ、前を向く。彼の方がやっぱり何枚も上手だ。

次第に見慣れた道のりにそわそわと外を眺める。隣町でこの時期だけ行われているコスモス祭は毎年大盛況だ。遠くから紫色に染まる畑が目に入り、気持ちが逸る。

会場の近くに臨時駐車場が設けられていて、今年開催してから初めての週末となり、すでに多くの車が停まっていた。

すぐそばではマルシェが行われ、小さなステージも設けられている。けれどまずはコスモスを見に行きたい。

「雅、走るなよ」

「そこまで子どもじゃないよ」

車を降りて視線をあちこちに飛ばしていると、志貴から声がかかる。まったく。妊娠しているとはいえ過保護なのは相変わらずだ。

こちらに回り込んできた志貴がすかさず私の手を取った。

「よく言う。昔、一目散に走っていったせいで迷子になって大泣きしたのはどこの誰だ？」

「そ、それは昔の話」

まさか今、その出来事を持ち出されるとは思っておらず慌てて反論する。そのときのことはよく覚えていた。

初めてここのコスモスを見に来たのは、両親が再婚して比較的すぐの頃だったと思う。一面のコスモスに目を奪われ、テンションが上がった私はつい走り出してしまったのだ。

しばらく夢中でコスモスを楽しんでいたものの、気づいたときには一緒に来ていた家族の姿はなく、やっと自分の置かれている状況を理解した私は一気に不安になった。

辺りをひとりとぼとぼ歩いても周りは自分よりも背が高い知らない大人たちばかりで、堪えきれなくなった私はついに声をあげて泣き出した。

『雅』

すると、どこからともなく名前を呼ばれ、必死に首を動かして声の主を探す。ややあって人ごみをかき分けて現れたのは志貴だった。

『お兄ちゃん！』

どっと安堵して彼の元に駆ける。息を切らした志貴は私を力強く抱きしめた。

『ひとりで勝手に行ったらだめだろ』

『ごめんなさい』

今度は違う意味で涙が止まらない。そんな私の涙を拭い、彼はしっかりと手をつないで私を両親の待つところへ連れて行ってくれた。母や父はもちろん、姉の静や由貴にもものすごく心配をかけ、母は私を見た瞬間泣き出したほどだ。

おかげで毎年ここに来るたびにこのエピソードは家族の間で欠かせないものになり、そのたびに私は居た堪れなくなる。

この話題はいつぶりだろうか。子どもたちが大きくなり、久しく家族で訪れていない。まさか志貴とふたり、兄妹としてではなく恋人として足を運べる日が来るなんて。

ちらりと視線を送ると、整った横顔が視界に映り胸が高鳴る。つながれた手のひらから伝わる体温も本物で、これはまぎれもない現実だ。

「わぁ、綺麗――」

コスモス畑の近くまで歩いていくと、濃淡の違う紫、ピンク、白などのコスモスが遠くまで広がっていた。ゆらゆらと風になびいている姿は可憐で、淡い香りが漂う。

畑の中を通れる道が作られていて、少し離れた場所から見るとまるでコスモス畑の真ん中に立っているように見える。絶好の写真スポットだ。何人もが同じところからカメラを構えて、一緒に来たであろう相手に合図を送っている。

「写真を撮ろうか？」

「いいよ。それよりも志貴と一緒に歩きたい」

志貴の提案に即座に答え、彼の手を引いた。家族で来たときは父が写真を撮るのが定番だったが、今は写真よりも彼と一緒に楽しみたい。

少しだけ背を屈め、すぐそばにあるコスモスをじっくり堪能する。花占いをしたくなるようなギザギザの八枚の花弁にそっと触れ、匂いを嗅いだ。けれどすぐに離れる。妊娠中だからか、あまり香りは堪能できそうにない。

全部で何種類くらいあるんだろう？

そのときすぐそばでシャッター音がした気がして、意識をコスモスから隣に向ける。

「な、なに？」

そこにはスマホをこちらに向けている志貴がいて、私は慌てて彼に詰め寄った。

「あまりにも雅が真剣に見つめているから」

「わー。消して！」

不意打ちの写真なんて絶対にろくでもない写りになっているに違いない。抗議するも、志貴はスマホをさっさとしまった。

「どうして？　いい表情をしてたよ」

「そういう問題じゃないの！」

つい眉をひそめると志貴が苦笑しながら私の頭を撫でる。

「今度はちゃんと声をかけて撮るよ」

「ずるい。私も志貴の写真が欲しいのに」

本音がぽろりと漏れる。片思いをしていたときから、ひそかに志貴の写真が欲しかった。友達に何度か頼まれたのもあって、家族だしさりげなく撮ろうと試みたけれど、自分の下心がある分、行動に移せない。本人にお願いするなんてもってのほかだった。

その点、由貴くんは『男前に撮ってくれ』とか言って喜んで撮らせてくれたんだよね。

「本人が目の前にいるのに？」

不思議そうな面持ちの志貴に不満顔になる。すると志貴がさりげなく私の肩を抱いた。

「なら、次は一緒に写真を撮ろう」

至近距離で視線が交わり、胸が高鳴る。私が欲しいのは志貴だけの写真だけれど、つい頷いた。よく考えたら、幼いときを除いてふたりで撮った写真なんてないかもしれない。

「そ、そういえば志貴は、コスモスはもういいの？」

私ばかり楽しんでいたかもしれないと焦る。

「ああ、見たよ。コスモスを眺めている雅も十分に堪能した」

志貴の回答に虚を衝かれていたら、彼は柔らかく微笑んだ。

そろそろ行こうと先を促され、おとなしく従う。畑の中の細い道を抜け、広いところに出た。改めて通ってきたところを眺める。

「けっこうコスモスって高さがあるから子どもが迷子になるのも無理ないね」

「雅は手を離したら、今でも迷子になるんじゃないか？」

からかい交じりの志貴に対し、真面目に否定しようとしてすぐにやめる。

「そうしたら、また迎えに来てくれる？」

わざとおどけて返した。さすがにこの年で迷子にはならないと思うけれど、志貴はどんな反応をするんだろう。

志貴は目を丸くした後笑みをふっと潜め、突然真剣な顔になった。

「もちろん、迎えに行く」

予想に反して真面目な回答にわずかにたじろぐ。続けて彼は私とつないでいる手を軽く持ち上げた。

「その前に雅が勝手にどこかに行かないように、しっかり手をつないでおかないと」

志貴はじっとこちらを見つめてくる。おかげで声を出すどころか瞬きひとつできない。志貴はゆるやかに手を引いて私を自分の方に寄せた。

「もう離さない。たとえはぐれても、絶対に見つける」

揺れない瞳に息を呑み、彼の言葉が耳ではなく胸に直接響く。だからだ、きっとこんなに心臓が痛いのは。

「……ありがとう」

たっぷり間が空いて、絞り出すようにたった一言だけ返す。さっきまでの勢いはどこへやらだ。ぎゅっと手を握ると、反対側の手で頭を撫でられた。

「その……ここで迷子になったとき、迷惑かけてごめんね」

正確にはその一件だけではない。それからも私は妹として彼に散々迷惑や心配をかけてきた。あまりにも幼い頃からを知られすぎているのも考えものだ。数々の行いを思い出すと顔から火が出そうになる。

「いや。でも、あのときからだよ」

「え？」

ふと志貴を見ると、彼は懐かしそうな目つきでコスモス畑を見た。

「父さんと母さんが再婚して、ぎこちなかった家族がひとつになったのは。みんなで雅を必死に探して、見つかった後に無事だって安心して……それまで漂っていた遠慮みたいなのが和らいだんだ」

それは初耳だ。私は一番幼かったのもあり、母の再婚や新しい家族といった意識は、当時はそこまでなかった。逆に子どもたちの中で最年長だった志貴は、私よりもずっと複雑な思いを抱いていたのかもしれない。

なにも知らなかったな、私。『お兄ちゃん』と呼ばれ、追いかけ回されて志貴はどう思っていたんだろう？

「よ、奇遇だな」

尋ねようとしたら、背後から志貴の肩をぽんっと叩く男性の姿があった。反射的に彼の手を離し、志貴もうしろを振り向く。そこには私にも見覚えのある人がいた。

「竹内、お前どうしたんだ？」

両親の結婚記念日で食事をした帰りに志貴に声をかけてきた彼の同級生だ。今日の彼はグレーのパーカーにやはりハーフパンツで、にこやかに笑う。

「この前のメンバーで、恋人がいない連中に声かけて遊びに行ってたんだよ」

続けて竹内さんの視線が私に注がれた。

「って、雅ちゃん？」

目を見開き、驚いた面持ちで彼は固まった。小さく頭を下げると、竹内さんはすぐに志貴に目線を移す。

「お前なぁ。女の子と一緒だから彼女かと思ったら、また妹となんて……。こんなところ兄妹で来るか、普通？」

どこかあきれたような口調だ。やっぱり成人した兄妹がふたりで出かけるのは違和感があるらしい。どうフォローすべきか迷っていると竹内さんがこちらに笑顔を向けてくる。

「雅ちゃん、一緒に来る相手がいなかったら俺に声をかけてよ。車出すよ」

「その必要はない」

志貴がきっぱりと言い切り、竹内さんがわざとらしくムッとした表情になる。

「佐生、お前な、この前会ったときも思ったけれど、いくら妹が大事とはいえちょっと度が過ぎてないか？　雅ちゃん、彼氏とかいないの？」

急に話題を振られ、一瞬戸惑う。たしかこの前も聞かれたが、なんて答えるべきなのか。

「俺だよ」

迷っている間に志貴がさらりと答え、私は目を剥いた。竹内さんも鳩が豆鉄砲を食ったような顔になっている。志貴は気にせず私の肩を抱いた。

「雅と付き合っているんだ。結婚も考えている」

「は？　でも妹って……」

竹内さんは、状況が理解できていないらしい。当然だ。

「両親は再婚なんだ。だから血はつながっていない」

志貴がため息をつきながら面倒くさそうに告げた。

「マジ!?　だからって妹はないだろう。なに、いつから？」

「答える必要あるのか？」

鬱陶しそうな志貴に対し、竹内さんは興味津々といった様子で詰め寄っている。

「にしても佐生、いくら血がつながってないとはいえ……節操なさすぎだろ」

冷やかし半分、竹内さんの言葉が大きく胸に刺さる。

『義理とはいえ兄妹で恥ずかしい』

『彼も悪いわよ。大人なら世間体も考えて、ちゃんと突き放さないと』

伯母と会ったときの記憶がよみがえり、ズキズキと胸の痛みが増してくる。

そのとき竹内さんと一緒に来ていたであろう男性ひとりと女性ふたりが輪に入ってきた。ごく自然に竹内さんが私たちの関係を伝え、それぞれ大げさに反応する。

「え、でも高校のとき彼女いたよな？　ってことはその後から？」

「一緒に住んでて恋愛感情って湧くの？」

「なんか、ちょっとショックかも」

口々に好きに言われ、どの言葉も耳を通り過ぎていく。正確には受け止められなかった。

「雅ちゃん、佐生になんて迫られたの？」

冗談交じりで竹内さんに尋ねられ、すぐに志貴がたしなめる。けれど私は聞き流せなかった。

「違います」

気づけば震える声で小さく反論していた。うつむき気味だった顔を上げ、竹内さんに訴えかける。

「違うんです。私が一方的にずっと好きで……私から気持ちを伝えたんです。それもここ半年の話で……それまでは普通の兄妹でした。だから彼は悪くないんです」

「雅」

ヒートアップする私を止めるように、志貴が名前を呼んで肩に手を置いた。

「もういいよ。行こう」

労わるような声で我に返り、唇を噛みしめる。呆然とする竹内さんたちから離すように、志貴は私の肩を抱いたまま彼らに背を向ける形で歩を進め出した。ただ、数歩歩いたところで足を止める。

「俺のことは好きに言えばいい。でも雅を傷つけたり侮辱する真似は許さない。全部、余計なお世話だ」

顔だけ彼らに向けて冷たく言い放つ。相手を含め、志貴がどんな表情をしていたのかは見えなかったが、私はなにも言えないままひたすら足を動かした。

本当はマルシェなども覗いていきたかったが、心情的にも体調的にも厳しい。車まで到着し、無言のまま助手席に乗り込んだ。

お昼過ぎ、太陽も出て車内はそこそこ暖かい。対照的に気まずい空気がふたりの間に流れる。

「悪かった。せっかくコスモスを見に来たのに、嫌な思いをさせたな」

口火を切ったのは志貴で、私はぎこちなく首を横に振った。

「違、う。私はいいの。私の方こそ余計なこと言って……」

今になって自己嫌悪の波が押し寄せる。もっとうまい切り返しや立ち振る舞いはできなかったのか。仮にも志貴の同級生なのに、あんな態度を取って。

ぎゅっと握りこぶしを作ってうつむいていると、頭を撫でられる感触があった。彼の手のひらの温もりに、思わず本音が口を衝いて出る。

「私のせいで……志貴が悪く言われるのが嫌だった」

目の奥が熱くなり、必死で目を見開く。私はいくら責められてもかまわない。実際に兄妹でいられなくしたのは他の誰でもない、私のせいだ。彼はそれを受け止めてくれただけ。

けれどそのせいで第三者にあれこれ言われて、志貴が不快な思いをするのは耐えられない。彼の名誉が傷つけられるのも、立場を悪くするのも……全部私のせいなのに。

「雅のせいだなんて思っていない」

志貴の言葉に顔を上げる。

「でも、私、が」

「言いたい連中には好きに言わせておけばいい。大丈夫、気にしてないよ」

安心させるようにはっきりと言い切る志貴に涙腺が緩む。頭に触れていた手がそっと頬に移動し、彼の顔が切なく歪んだ。

「ただ、雅にそんな顔をさせるのはつらいな。……それでも俺は雅を手放すつもりはない」

「……私も、志貴がいい。志貴以外考えられないの」

何度も瞬きをして一度唾液を飲み込んでからきっぱりと言い放つ。真っすぐに彼を見つめたら、ゆるやかに唇を重ねられた。

「雅は俺が守る。だからなにも心配せず、俺のそばにいたらいいんだ」

兄としてだけじゃない。ひとりの男性として言ってくれているのが、しっかりと伝わる。こうして彼に守られて、何度も救われてきた。

「志貴は……お父さんたちが再婚してよかった？」

問いかけるには遅すぎる質問だ。彼は驚いた顔をしてから、柔らかく微笑んだ。

「もちろん。雅と会えたんだから」

今度は私が目を丸くする番だった。迷いない彼の回答に違う意味で泣きそうだ。

「ありがとう。私も志貴と出会えて幸せだよ」

もちろんお父さん、由貴くんもだ。

肩を抱かれ、抱き寄せられる。彼とはずっと家族だったけれど、これからは違う形で家族になっていくんだ。

昼食は私が前から気になっていたカフェに足を運ぶことにした。イギリスの伝統的な焼き菓子や雑貨を販売していたお店が二階にカフェをオープンさせ、行ってみたいと話していたのを覚えていてくれたらしい。こういうところは本当に抜け目ない。

ランチタイムを過ぎていたが、店内はそれなりに多くのお客で賑わっていた。白を基調とし英国風の洋館をモチーフとした店内は、ちょっとした異国感が味わえる。サンドイッチやアフタヌーンティーなどの食事メニューのほか紅茶の種類も豊富だ。

ノンカフェインのフレーバーティーを選び、ホッと一息つく。こうして落ち着いて改めて目の前に座る志貴を見ると、仕草一つひとつが優雅で上品だ。まるで映画のワンシーンみたい。端整な顔立ちはもちろん、カップを持つ長い指にさらさらの黒髪。

すべてが魅力的でいちいち胸を高鳴らせる。女性客が多い中、彼はいろいろな意味で目立っていた。当の本人は慣れているのか、まったく気にしていないのもすごい。

彼のそばにいて、変なやっかみを受けた経験は一度や二度ではなかった。けれど直接関係を尋ねられ、妹と答えるとたいていの女性の表情は安堵めいたものに変わる。

でも今の私は？　一見すると妹として志貴のそばにいたときとなにも変わらないが、ちゃんと恋人として彼の隣にいるんだ。それがもうすぐ夫婦になるのだからくすぐったい。

「嬉しそうだな」

ふと前の席から声をかけられる。どうやらニヤけていたのがバレたらしく、慌てて頬を押さえた。

「雅が喜んでくれたなら来た甲斐があったな。来たかったんだろう？」

そう話す志貴の方が嬉しそうだ。

「うん。志貴とデートできて幸せだなって」

頷いて正直な気持ちを伝える。だって恋人としては初めてだから。

大げさだって笑うかな？

しかし私の予想ははずれ、彼は真面目な面持ちになった。

「またふたりで出かけよう。雅の体調と相談しながら、これからいくらでもできるよ」

なんだか次をねだったかのように思われたかな？　でも嬉しい。

「そうだね」

どうやら兄から恋人になっても、彼が私の希望を叶えてくれようとするのは変わらないらしい。

ゆったりとした時間をカフェで過ごし、お土産用の紅茶も買って志貴のマンションに向かう。本当はこの後買い物に行こうと話していたのだが、志貴からプランの変更を提案されたのだ。

あまり口にはしなかったが、正直いつもより疲労感が強かった。そういうところも志貴にはお見通しだった。

志貴のマンションに着くと気が抜けたのか、軽い目眩に襲われる。志貴に促されるようにソファに深く腰掛け背もたれに体を預けた。

「大丈夫か？」

「うん。ごめんね、やっぱり少し疲れていたみたい」

彼を見上げながら苦笑して答えると、志貴は私の左隣に腰を落とした。

「無理させたな」

「そんなことないよ、すごく楽しかった。志貴こそ私に付き合わせて」

勢いよく背中を浮かし、否定しようとしたら彼の手が私の頬に添わされる。

「俺は、雅が楽しんでくれたらそれが一番なんだ。でも今はひとりの体じゃないし、そこはもっと気遣うべきだった」

「志貴は悪くないよ……」

まったく、どこまで過保護なんだろう。これは私が妹だから？　その延長線上に今の関係があるとはいえ、志貴にとって私は、いつまでも保護者のような目線が抜けないのかもしれない。

そっと彼の手を離し、わざとらしく視線を逸らす。

「そんなに心配しなくても大丈夫だよ。私、これでもう大人で社会人だし、なにより母親なんだもの」

年の差は埋められないにしろ、夫婦として、子どもの両親としてこれからは彼と対等になりたい。志貴に心配をかけないようなしっかりした大人の女性に……。

そこでふと姉の顔が浮かび、思考が停止した。

「それと俺が雅を心配して大事にするのは別問題だ」

肩を抱かれて彼の方に引き寄せられ、我に返る。左側の密着したところから彼の温もりが伝わり、安心感に包まれる。

ところがややあって志貴はゆるやかに立ち上がり、ふっと消えた体温に寂しさを覚えた。どうしたのかと尋ねようとしたら、彼はリビングに置いてあるキャビネットの中からなにかを取り出し、こちらに戻ってきた。

志貴は私の隣ではなく真正面に立ち、膝を折って目線を合わせる。その手には重厚そうな黒のベルベット地のケースがあり、私は目を見開いた。

「雅」

名前を呼ばれたのと同時に志貴がケースを開ける。中からは中央に大きな一粒ダイヤモンドのあしらわれた指輪が顔を覗かせた。

驚きのあまり彼に視線を向けると、志貴はしっかりと私を見つめてきた。

「順番が逆になったけれど、雅もお腹の子も俺が一生かけて守っていく。必ず幸せにする。だから結婚しよう」

訴えかける言い方は、まるで断られる可能性があるみたい。答えなんて決まっているのに。早く返事をしなければと思うのに、目の前の現実がなんだか信じられず、声の前に涙があふれそうだ。

何度か小さく首を縦に振り、なんとか喉に力を入れる。

「はい」

気の利いた返事を探したものの、結局感情が昂って言えたのはそれだけだった。つい声が上擦ってしまったが、志貴は表情を和らげ私の左手を取る。そしてケースから器用に指輪を取り出し、私の左手の薬指にはめていった。

アクセサリーとして指輪を楽しんだことはあっても、左手の薬指にするのは初めてだ。ひんやりとした金属の硬い感触は、重みがあってそれでいて驚くほどぴったりと私の指元に収まる。

こうして近くで見るとダイヤモンドの輝きが眩しい。リングはゆるやかなウェーブラインの一部にゴールドがあしらわれたデザインになっていた。

これがなんなのかわざわざ聞くまでもない。婚約指輪と呼ばれる代物だ。まさか志貴がこんなものを用意しているとは思ってもみなかったので、あまりの不意打ちに胸が詰まりそうになる。

「ちゃんとしたかったんだ。気に入らなかったか?」

優しく問いかけられ、今度は大きく首を横に振って否定する。

「ううん。ただ……びっくりして」

妊娠を告げたときに結婚の話になって、両親にも伝えた。それで終わり、正確には入籍はいつにするのか、結婚式はどうするのかなど、今後についてばかりでプロポーズや婚約指輪のことまでまったく考えもしなかったから。

「ありがとう。私の方こそ結婚してください」

私こそ彼にお願いする立場だ。軽く頭を下げると、志貴は目を細め私を抱きしめる。

「もちろん。ずっとそばにいるよ」

幸せな気持ちに満たされ、自然と笑顔になる。頭を上げると至近距離で目が合い、引かれるようにどちらからともなく唇を重ねた。

改めて志貴は私の左隣に座り、肩を抱き寄せる。私は彼にもたれかかりながら、顔の前に手をかざして指輪をいろいろな角度から眺めた。

「すごく綺麗」

サイズも好みも私にぴったりで、冗談ではなく、志貴には私のなにもかも知られているのではと思った。

「時間がなくて婚約指輪は勝手に用意したけれど、結婚指輪は雅が好きなものを選びに行こう」

あまりこだわりはないのだが、私の気持ちや意見も尊重してくれる彼の気遣いが素直に嬉しい。結婚指輪となると、志貴とお揃いのものをつけるんだ。想像したら楽しみのようで気恥ずかしい。彼の手には指輪も違和感なく似合うだろうな。志貴の分の結婚指輪は私が支払おう。

そこでふと、この婚約指輪はいくらくらいなのだろうと疑問が頭に過ぎった。直接尋ねるなど無粋な真似はしないが、おそらくそれなりの値段がするのがダイヤの大きさと輝きから想像できる。

急に指輪の重みをずっしり感じ、分不相応さに怖気づいた。普段、私が自分のために買うアクセサリーとは桁が違うだろう。ひとまずケースに戻すべきだと思い、志貴にそれとなく尋ねる。

「婚約指輪って一般的には、いつつけるものなのかな？」

結納……はしないし、結婚式のとき？　その後は、なにか特別な行事がある日とかかな？

私の問いかけに、なぜか志貴は狐につままれたような顔になった。

「いつって……いつもつけてくれないのか？」

彼の返事に目を丸くする。その概念はまったくなかったからだ。

「それは結婚指輪じゃないの？」

「婚約指輪もしてたらいい」

聞き間違いや勘違いではないらしい。しかし、そうだねとあっさり納得はできない。

「で、でもこんなダイヤがついた高価なものをいつもなんて」

「なにかまずいのか？」

慌てる私に志貴は不思議そうに聞いてくる。改めて説明しようとしたら、彼はそっと私の左手を取った。

「雅につけていてほしいと思って選んだんだ。よく似合っている」

続けて指同士を絡めて手を握られる。骨張ってごつごつした彼の大きな手が、昔から大好きだ。左手の薬指に輝く指輪に、志貴は嬉しそうに視線を送っていて、そんな目をされたら、無下にはできない。

私も改めて絡められた彼の指の間から光る指輪に目を遣る。

「指輪をしていたら……志貴の恋人だって思ってもらえるかな？」

この場合、正確には婚約者か。志貴の隣に立つとき、彼の妹ではなくパートナーとして見てもらえるようになるんだろうか。恥ずかしいけれど気が引き締まる。

「思ってもらわないと困る。それに、これで雅が変な男に絡まれる心配も多少はなくなると期待しているんだ」

そんなことまで考えていたとは、予想外だ。目をぱちくりさせ彼を見る。すると志貴はつないだ左手を持ち上げ、自分の口元に誘った。

「こうやって雅は俺のものなんだって、見える形で示せるのはいいな」

そのまま音を立て、手の甲にキスを落とされた。浮ついた感じひとつなく、その仕草に目を奪われる。柔らかい唇の湿った感触が薄い皮膚から全身に駆け巡った。

続けて目が合い、おもむろに顔を寄せられる。甘いキスのときめきで胸が苦しい。

唇が離れ、自分から志貴に身を寄せてさらに密着する。

「私……志貴に甘やかされすぎていると思う」

「それが雅の特権じゃないか？」

さらりと返され、わずかに目線を上げた。

「私だけ？」

妹だからか。それとも歴代の彼女たちもこういう扱いだったのかな。

「雅だけだよ、今も昔も」

私の不安を払拭するように言い切ると、志貴は肩に回していた手を私の頭に移動させ、優しく撫で始める。

「好き」

彼への想いが口を衝いて出た。あふれかえるこの気持ちをどうしたら伝えられるんだろう。

「私、志貴が大好き」

頭を上げてしっかりと志貴の目を見て訴えかけると、彼は笑みを浮かべた。

「雅が想像している以上に俺も雅を想っている。伝わっているかな？　お姫さま」

余裕たっぷりに返され、額に唇を寄せられる。続けて瞼、目尻、頬とキスを落とされ、最後に唇を重ねられるのかと思ったら、彼はすんでのところで離れた。

目を瞬かせる私に、志貴は苦笑する。

「少し、休んだ方がいい。眠いんだろ？」

彼の指摘は正しく、正直体は休息を欲していた。けれど残念な気持ちと相まってなんとも返せない。志貴は私の頬を撫で、額をこつんと重ねてきた。

「ベッドに行くか？」

「……できれば志貴のそばにいたい」

小さく主張して彼の反応をうかがう。すると志貴はちょっと待つように告げ、一度席を立った。戻ってきた彼の手にはブランケットがあり、ソファに横になるよう促される。

肌触りのいいブランケットがかけられ、志貴に膝枕をされる形になった。彼の太ももに頭を預け、これはこれで気恥ずかしさがあるのだが、志貴は気にせず私の頭を撫でる。

「今日はありがとう」

改めてお礼を告げる。家族の思い出の場所であるコスモス畑に彼と恋人としてデートに出かけられた。その後婚約指輪と共に改めてプロポーズしてもらえるなんて。夢みたいだが、左手の薬指で存在を主張する指輪が事実だと実感させてくれる。

「来年は、家族三人で行けるかな？」

「そうだな。雅と子どもと、来年は三人で行こう」

両親たちがそうだったように、できたら私たちも家族で毎年出かける恒例の場所にしたい。そしていつか子どもが大きくなったら、コスモス畑を見た後にお父さんにプロポーズされたって話そうかな。

想像すると笑みがこぼれる。

彼の穏やかな声が耳に心地よく、伝わる体温に息を吐く。眠るのがもったいない。もっと話していたいと思う一方で、すぐに睡魔はやってくる。目を閉じて私は夢の世界へ旅立っていった。

第五章　追いかけてくる過去の光景

「それにしても驚いた。急展開すぎるだろ」

「いや……うん」

しみじみと呟く由貴に対し、私は言い知れない気まずさを感じながら、サラダをお皿に盛りつけていく。その様子を見てさっと立ち上がり、さりげなく食卓まで運ぶのを手伝う彼は、やはり気が利くし人をよく見ているんだと思う。

今日は仕事が休みだという由貴が久々に実家を訪れていた。わざわざやって来たのは、私と直接話すためだ。電話で志貴との結婚や妊娠を伝えたときの彼の驚きようは、両親や姉とはまた一味違っていた。

「八月にここで会ったときに、付き合うどころか相変わらず進展なしの関係だったのに、それが二カ月もしない間に結婚、妊娠だもんなぁ」

事情を知っていた彼からすると、予想もつかない事態だろう。当事者である私も信じられないくらいだから無理もない。志貴とは先日の大安の日に無事に籍を入れた。とはいえ由貴の言っていた話ではないが、入籍しても名字が変わらないのであまり結婚した実感は湧かない。義理の両親への挨拶とか両家揃って顔合わせとか、そういうのもまったくないのだから。

でも、志貴との新しい戸籍ができているのを見たときは、少し感動した。子どもが生まれたら、ここに加わるんだな。

それから結婚指輪をふたりで選び、今の私の左手の薬指は志貴の希望通り、婚約指輪と結婚指輪を重ね付けしている状態だ。正直まだ慣れない。

結婚式は一日一組が売りのゲストハウスを会場に選んだ。スタッフがマタニティウェディングを何度も行ってきた実績があるのも心強い。

だいたい妊娠五カ月から七カ月の間に挙式するのを勧められ、寒さは心配だけれどその分空きもあり、年明けすぐの一月の最終週にあたる日曜日に日程を決めた。

その頃の自分はどんな姿になっているのか、赤ちゃんはどれくらいの大きさになっているのかあまり想像がつかない。

十月二週目の金曜日、両親が仕事で遅くなるので由貴からは外で食事を提案されたが、久々に料理を作ると私から申し出た。この後仕事を終えた志貴も来る予定だ。

「すごいな、どうやって迫ったんだ。あの堅物に」

「そ、そういう言い方しないで！」

あけすけな物言いの由貴にすかさずツッコむ。とはいえ私から想いを伝えてぶつかっていったので反論はできない。ふうっと息を吐いて鍋に蓋をした。

今日のメニューは、秋鮭のホイル焼きとさつまいもとかぼちゃのサラダ、副菜はきのこのナムルと小松菜の煮びたしで、汁物はふわふわ卵のかきたま汁だ。

「なんか妊婦に作らせて悪いな。体調とか大丈夫なのか？」

「うん。今のところ眠気とだるさは常にあるけれど、吐いたりはないんだ。ただ、ごめん。正直、味覚がおかしくて味に全然自信がないの」

なんとなく口の中がずっと苦くて、なにを食べても味を楽しめない。長年の勘でそこまでまずいものは出来上がっていないとは思うが、念のため伝えておく。

「それはある意味、楽しみだ」

冗談交じりに返す由貴の前を横切り、私はソファに体を預けた。メインと汁物は志貴が帰ってきてから盛り付けよう。それまで束の間の休息だ。すぐに休んだり横になれるので外より実家を選んで正解だった。

「兄貴は？」

「さっきこっちに向かっているって連絡あったよ」

ダイニングテーブルでスマホを弄る由貴に視線を向ける。

「由貴くん、あきれている？」

私の問いかけに彼は画面から顔を上げた。

「あきれる？　なんでだよ？」

「だって、いきなり結婚とか子どもとか……」

伯母や竹内さんたちから言われた言葉がずっと棘みたいに刺さったままだ。身内としてはどうなんだろう。

おずおずと伝えると由貴はスマホをしまった。

「べつにあきれていないさ。そこらへんは当人同士が納得しているなら外野が口を挟むことじゃない。雅が幸せだったら俺はそれでいいんだ」

彼はゆっくりとこちらに近づいてきて私の正面に立ち腰を屈めた。

「よかったな、雅。おめでとう」

「ありがとう、由貴くん」

優しく笑う顔はやはり志貴と似ている。彼みたいな兄がいて本当によかった。

「兄貴とケンカしたらいつでも言ってこいよ。俺が全力で味方になってやるから」

由貴は私の隣に腰を落とし、茶目っ気交じりに告げてくる。

「ちょっとはお兄ちゃんの味方になってあげようとか思わないの？」

私の問いかけに由貴はニヤリと口角を上げた。

「兄貴の味方は雅がいるからな」

なにか矛盾しているような気がする。そのときリビングのドアが開く音がして意識がそちらに向いた。

「おっ、兄貴。お疲れ！」

スーツ姿の志貴が顔を出し、先に声をかけたのは由貴くんだ。私も彼に続いて「おかえりなさい」と志貴を労う。彼は真っすぐに私を見つめてきた。

「雅、体調は？」

「大丈夫。ご飯できているよ」

最近、私の顔を見ると彼の開口一番はまずこれだ。定番化している質問にいつも通り答えると、志貴は心配そうに眉尻を下げた。

「無理しなくてもよかったんだぞ」

「おーい。俺は無視か？」

そこで私の隣に座っている由貴が口を挟む。もちろん無視しているわけではないと思うけれど。

志貴は不機嫌そうに私から由貴に視線を移した。

「お前はそこに座ってなにをやっているんだ」

志貴の問いかけに由貴はわざとらしく私の肩に腕を回した。突然の態度に拒否する間もなく彼の方に抱き寄せられる。

「わっ」

「なにって兄として結婚を祝ってたんだよ。兄貴もおめでとう」

軽い口調で、あきらかにふざけている由貴にさすがに物申そうと顔を上げた。

「いいから、雅から離れろ」

しかしそれよりも先に低い声で志貴が制する。あまりにも本気で怒りを滲ませる彼に由貴はゆっくりと手を離した。

由貴の冗談は今に始まったことじゃないのに。

「すぐにご飯にするね」

立ち上がって再びキッチンに向かう。私はまだ完全に志貴のところへ引っ越してはおらず、実家を拠点にして少しずつ荷物を志貴のマンションに移しているところだ。

彼のマンションで過ごす時間も増えて、お互いに社会人で忙しいけれど、志貴が私に合わせてくれる形で極力一緒にいるようにしてくれている。

三人で食事をするのはすごく久しぶりで、由貴が会話の中心となり盛り上がった。

「久しぶりに雅の手料理を食べたけれど相変わらず旨いな。よし、雅。やっぱり兄貴はやめて俺と結婚しよう」

「お前な……」

志貴がため息をつきながら、由貴を見遣る。私としては、相変わらずだな、という印象しかない。

「由貴、そういう発言は冗談でもやめろ」

眉をひそめてたしなめる志貴を、由貴は歯牙にもかけない。

「そうイラつくなって。心配しなくても俺は雅を純粋に妹として大事に思っているんだ。誰かさんと違って」

それどころか含んだ笑みで挑発的に返すので、志貴は眉をつり上げた。

真面目な志貴とお調子者の由貴の会話は、普段からこんな感じだ。それにしても今日はなんだか志貴の機嫌がいつもより悪い気がする。疲れているのかな。

話題を変えようと私から話を振って、会話の主導権を握る。それからは険悪な雰囲気になることなく久々に兄妹でいろいろと盛り上がった。

食後、食器を下げて片付けをしようとしたのだが、どうにも我慢できない眠気が襲ってきて耐えられずソファで横になった。目を開けていられない。

心配そうに志貴が話しかけてきたが、それに答える力もなく、ひたすら瞼が重い。

コーヒーでも淹れて、まだ三人でゆっくり喋っていたいのに。


「静は……複雑だろうな」

すぐそばで聞こえた志貴の声に、水から上がったかのようにふっと意識がクリアになる。しかし一瞬、夢か現実なのか区別がつかないのは体が動かせなかったからだ。

中途半端に金縛りに似た症状に戸惑う。

「そんなことないだろ。静はもう気にしていないって。どんだけ自意識過剰なんだよ」

「お前が言うのか」

先ほどとは打って変わって強気な由貴に対し、なんとなく志貴は歯切れが悪そうだ。

どうやらふたりは隣のダイニングテーブルに座って話しているらしい。それにしても、どうして今ここで姉の話題になっているのか。

「兄貴はまだ静の件を引きずっているのか?」

由貴の問いかけに大きく心臓が跳ね上がる。声を出したいのに、唇も動かせない。

引きずるってなに？　どういう意味？

「後悔しているんだ。静とは、もっと違う方法があったんじゃないかって」

意味が理解も予想もできないままふたりの会話は進んでいく。ただ、志貴の切なそうな声に胸がじわじわと痛んだ。

後悔って？　違う方法ってどんな？

次から次へと疑問が湧き起こるのに、答えを求められない。

「とはいえ今さらじゃないか？」

どこか遠慮気味に尋ねる由貴に、志貴はなんて答えるんだろう。知りたいようで、知りたくない。聞かない方がいい。

もうひとりの自分が訴えかけてくるが、不可抗力だ。

「ああ。だからだよ。雅との結婚を決めたからなおさらなんだ。静のことを考える」

彼の最後の一言が、嫌でも頭にこびりつく。視界が一瞬で滲み、涙が目尻から伝っていった。

「やめろよ。兄貴は今、雅を大事にすることだけを考えていたらいいんだ」

「わかっている」

そこで話はいち段落ついたようだが、私の頭の中はさっきから混乱してばかりだ。

胸が焼けるように熱くて、お腹の中もぐるぐると洗濯されているかのような気持ち悪さがある。なにかが込み上げてきそうな衝動に、動かなかった体が反応する。

がばりと上半身を起こし、私に気づいたふたりの視線がこちらに向けられる。なにか言われた気がしたが、耳に届く前に私はソファから下りて駆け出した。

トイレのドアを乱暴に開けて中に駆け込み、先ほど食べた夕飯を嘔吐する。我慢なんて無理だった。食べてすぐ寝たのが原因の胃もたれかと思ったが、それにしてもここまではっきりと吐くのは久しぶりだ。

胃の中が空っぽになった感覚があるが、吐き気は治まりそうにない。とはいえ、いつまでもこうしているわけにはいかず、必死で自分を奮い立たせリビングに向かった。

「大丈夫か？」

ドアのところで待っていた志貴に肩を抱かれ支えられる。彼の温もりを感じている余裕も今はない。由貴は下手に近寄ってこないが、ふたりの表情は心配そのものだ。

「ごめ、なんか……吐いちゃって」

ふたりが平気なところを見ると、食中毒の類ではなさそうだ。ひとまず安心する。

しかしそうなると……。

「雅、つわりの症状が出てきたんじゃないのか？」

志貴の予想はおそらく当たっているだろう。この状況ならその可能性が高い。けれどさっきまで吐く気配など微塵もなかったのに、こんなにも突然なのかと驚く。心を落ち着かせたくて、左手の薬指にはめている指輪を撫でる。

そのとき再び、胃の底からなにかが押し上げてきそうになり、慌ててトイレへ走った。吐くものはないので嘔吐はしないが、逆に吐くものがないのに吐き気が治まらない。全力疾走した後みたいに心臓がバクバクと音を立てている。

つわりは軽い方かもしれないと高を括っていた自分を叱りたくなった。


妊娠して初めて吐いたあの日から、ずっと乗り物酔いをしている感覚が抜けなくなった。自分の唾液さえ気持ち悪い。空腹もつらいが食欲もないので、どうすれば少しでも楽になるのかあれこれインターネットで調べたりして試してみる。

結果的に、酸味の強いレモンのキャンディーを舐めるとちょっとだけ落ち着くのを発見した。普段の私なら酸っぱすぎて絶対に自分から欲しいとは思わないだろう。

仕事が山場を越えたところでよかった。有給のほかに溜まっている代休もある。生産能力が圧倒的に落ちているのが気にはなるが、先輩もつわりがひどかったらしくいろいろとアドバイスをしてくれる。理解があるのは本当にありがたい。

世間一般で言うつわりってこういうものなんだ。

仕事から帰宅し、自宅のベッドで横になって長く息を吐きながらしみじみ感じる。

これも経験だと客観的にそう考えるくらいしかこの状況を慰められなかった。ずっと気持ち悪く、吐いたら楽になるわけではないのが、苦しいところだ。

ただ妊娠の経過は順調みたいで、それだけは本当に嬉しい。

あの日から志貴のマンションに足を運べず、彼が足繁く実家に顔を出している状況だ。引っ越しも延期することになり、残念のようで今一緒に住んでも彼に迷惑をかけるだけだと思うとこれでよかったのかとも思う。

吐いてむくみもあるので、結婚指輪も婚約指輪もはずしている。それを咎める彼ではないし、しょうがないと私も思うけれどなんとなく寂しい気持ちもあった。我ながら情緒不安定になっている自覚はある。これも妊娠中のホルモンバランスが影響しているらしい。頭ではわかっているのに、感情がついていかない。

おそらく今日も志貴は来てくれるのだろう。相変わらず私を優先してくれる彼に、なにも応えられない。

体調が優れない中、志貴の言葉が何度もリフレインする。

『雅との結婚を決めたからなおさらなんだ。静のことを考える』

あれは、どういう意味なの？　やっぱり志貴はお姉ちゃんの方がいいの？

あれこれ想像しては涙が滲んで、体調も気分もどん底まで落ちていく。

こうして思い悩むくらいなら志貴に直接尋ねるべきだ。中学生の頃、聞いたやりとりも含めて。

とはいえ、きちんと志貴と話し合いたい気持ちはあるものの、この状況だとまともに向き合えない気がする。

そもそも仮にお姉ちゃんが彼にとって忘れられない存在だったとして、どうするの？　そうだったとしても志貴が正直に言うとも思えないし、結婚して子どもだって生まれてくるのに……。

またひとりでマイナス思考に陥りそうになり、考えを切り換えようと試みる。

どうしよう、つらい。

そのとき部屋にノック音が響く。返事をする気力もないが、いつもの話だ。ややあってゆっくりとドアが開き、心配そうな表情の志貴が顔を出した。

「おか、えり」

「ただいま。相変わらずつらそうだな」

志貴の発言にドキリとする。彼が言っているのはつわりのことだ。

志貴はベッドのそばまで歩み寄ってくると静かに腰を落とした。無意識に手を伸ばすと志貴は当然と言わんばかりに握ってくれる。

「なんか、志貴の方がつらそう」

わざとおどけて言ってみる。上半身を起こそうとしたら、すかさず志貴が支えてくれるので素直に甘えた。

「ほとんど食べられてないんだって？」

おそらく母に聞いたのだろう。責めているのではなく心配しているのが伝わってくる。

「うん。食欲ないし、どうせ吐いちゃうから……」

お腹の赤ちゃんのことを考えたら、なんとか食べた方がいいのかな？　苦々しく答えると、包み込むように抱きしめられた。

「本当に……こういうとき男はどうしようもないな。雅ばかりに全部背負わせている」

やるせなさそうな声色に、おずおずと背中に腕を回す。

「そんなこと……ないよ。私こそ結婚したのに奥さんらしいこと、なにもできてなくて……ごめんね」

家事どころか一緒に暮らせてもいない。実家で両親に甘えたままだ。今までと変わらない状況に、申し訳なさと言い知れない焦燥感が渦巻く。

志貴はゆっくりと体を離し、私の顔を覗き込んできた。

「謝る必要はない。それに、らしいもなにも雅は俺の奥さんだよ。だから夫として俺にできることがあったら、なんでも言ってほしい」

どこまでも優しい志貴に、心が軽くなる。でも怖い。志貴に全力で寄りかかって甘やかされるのが。

彼の負担になったらと不安になるのはもちろん、志貴から離れられなくなるんじゃないかって。彼が本当は心の奥底で私ではない誰かを想っているのだとしたら――。

「あのね、志貴」

「どうした？」

衝動的に顔を上げ、彼に尋ねようとした。しかしその瞬間、強烈な吐き気に見舞われ彼を突き飛ばすようにしてベッドから下り、トイレに向かう。

吐くものはないので、胃液が逆流し喉が焼けるような感覚だ。生理的な涙も一緒にこぼれ、しばらくその場でうずくまる。

俗に言う安定期になったら、多くの人はつわりが落ち着くらしい。それを信じて、今はなんとか乗り切らないと。

「雅」

洗面所で口をゆすいで部屋に戻ろうとしたら、二階から下りてきていた志貴に声をかけられる。

「今日はもう戻るけれど、また明日顔を出すから」

「無理しなくていいよ」

志貴のマンションと実家は同じ市内とはいえ、それなりの距離がある。実家で夕飯を食べるときもあるが、仕事を終え私の様子を見に来て、それから帰ってを繰り返していたら、志貴がひとりで休める時間は限られてしまっているのではないか。

「俺が雅の顔を見たいんだ」

そんな私の心配を見通したかのように、志貴は答えた。頭を撫でられ、私も素直に頷く。

「うん。私も志貴が会いに来てくれたら嬉しい」

つわりで苦しいときでも、志貴の顔を見てこうして言葉を交わして触れられるだけで気持ちはすごく前を向ける。玄関まで見送り、彼に手を振る。

大げさかもしれないが、会えるのが嬉しい反面、そのたびにこうして別れるのはなかなかつらい。前はめったに会えないのが当たり前だったのに。どんどん欲張りになっている。

「気をつけて帰ってね」

「雅も。仕事も無理するなよ」

うんと答えると、志貴がさっと体を寄せ頬に口づけを落とした。

「おやすみ。また連絡するよ」

玄関のドアが閉まり、志貴にキスされた頬になにげなく触れる。彼への想いが全身を駆け巡って、切なさで胸が締めつけられた。

遠慮もあるのか、つわりが始まってずっと唇にキスをしていない。このつわりが治まったら、また志貴と前みたいに触れ合えるかな。

『らしいもなにも雅は俺の奥さんだよ』

さっき志貴はああ言ってくれたけれど、やっぱり一緒に暮らして実感が湧いていくものだと思う。夫婦としてふたりで生活していきたい。それまで兄と妹として接していたからなおさらだ。

第六章　血は水よりも濃し

一日がこんなにも長く感じるなんて、いつぶりだろう？　ここまでカレンダーを毎日見つめる経験は今までの人生でなかったと思う。

ついに妊娠十二週目に突入し妊娠四カ月となった。十一月も見えてきて、一段と冷え込みも厳しくなる。

体調は相変わらずだが、ひとまずこの年末に志貴のマンションに引っ越して年明けから一緒に暮らすのを決めた。おそらく安定期に入っているだろうという見込みもあってだ。結婚式の打ち合わせも進めないと。

とはいえ、つわりが治まらずひどかったり切迫早産の可能性で入院など、妊娠中のトラブルはまったく予測がつかないので油断は禁物だ。

お腹の中で人ひとりを育てるのってものすごく大変なんだな。

まだまったく膨らみはないが、よく腹部を意識するようになってたまに話しかけたりしている。今は四週間に一度の健診なので、正直お腹の中の赤ちゃんが無事なのか気が気ではないときもあった。けれど不安になるときりがないので、とにかく信じるしかない。

お腹の子に対し、もうしっかりと愛情が芽生えていた。私が守らなければと思っているし、会えるのがすごく楽しみだ。

そんな中、自分が妊婦になったのもあり、母に妊娠中の話を聞くようになった。

母は姉のときはつわりはほぼなかったが、私を妊娠しているときはそれなりに大変で、生姜の甘酢漬けがとにかく食べたくてどうしようもなかったんだとか。

私はあまり特定の食べ物に執着はしていないけれど、かき氷タイプのアイスはわりとつわりがありながらも食べられるので重宝している。

夏を通り越して、季節はすっかり秋なのでなかなか置いてある店が少なく、手に入れにくいのが難点だ。その話をなにげなく志貴にしたら、翌日実家にインターネットで注文した大量のアイスが届き、彼の行動力に驚かされる。

志貴はいい夫で、間違いなくいいお父さんにもなりそうだ。私の実の父はどうだったんだろう。母が再婚したからか、実の父とは会っていないしあまり記憶にもない。

母曰く、とにかく仕事で忙しくあまり家にいなかったそうだ。そしてある日、『別の人と結婚するから離婚してほしい』と母に言ってきたらしい。

元々母と実の父は、当人たちの気持ちを無視し、家同士のつながりで勝手に決められた政略結婚だった。さらに父側の実家からは跡取りを求められ、姉に続いて私が女子だったのもあり、母はたいそう責められたそうだ。おかげで離婚を切り出したのは父本人の意向というより、父側の実家からの希望が強かったらしい。

今の時代では考えられない！　と言うと、母はそうよねと苦笑した。

母も父に愛情はなく、女だからと子どもを大事にしない父との離婚に迷いはなかったそうだ。見栄なのかプライドなのか、相場よりもかなり高額の慰謝料と養育費を一括で用意してきたので、それを受け取って母は離婚した。

その後、実の父は別の女性と結婚して男児を設けたそうだが、私としては興味もないし血のつながりがあるとはいえ、父に会いたいとも思わない。

血のつながりなら、私には母も姉もいる。十分だ。つくづく母が志貴や由貴の父と出会って再婚して幸せになってよかったと感じる。

「そういえば雅、静からなにか連絡があった？」

「お姉ちゃん？　とくにないけれど、どうしたの？」

突然、母から姉の話を切り出され、何事かと聞き返す。すると母はためらい気味に声のトーンを落として続けた。

「実はね、ちょっと実家に帰ってきたいって連絡があったのよ」

「えっ！」

まさかの事態に、つい声をあげてしまった。姉は結婚して旦那さんの仕事の都合で、実家から飛行機や新幹線を使うほどの距離のところに住んでいる。当然ながら実家に顔を出す頻度は圧倒的に減った。

たまには帰ってきてみんなで集まろうと連絡しても、なかなか帰ってこないのに。

「詳しくは聞いていないんだけれど、ちょっと元気がなくてね。旦那さんとなにかあったのかしら？　仕事もしばらく休むように調整つけるからって」

「お姉ちゃん、大丈夫なのかな？」

気分転換やちょっとした用事で帰省する感じではない。いつも明るくてしっかり者の姉がどうしたのか。

「それでね、雅の今の状態や家にいる話もしたんだけれど、静もちょっと迎えてかまわないかしら？」

ここで母がなぜ私にこっそりと言ってきたのか理解できた。

「当たり前だよ。ここはお姉ちゃんの実家なんだから」

本来なら結婚した私が実家にまだいる状況がおかしいのだ。むしろ私がいない方がいいのでは？

しかしその考えは母にすぐに否定される。母が私も家にいるという状況をすでに姉に話しているうだ。それなのに下手に私がいなかったら姉は自分を責めるかもしれない。

姉がどういう理由で実家に来るのかは不明だが、久々に会えるのは楽しみだ。今年の一月の連休に会って以来になる。

そこでふと、姉と志貴が出会ったらふたりはどんな会話を交わすのだろうかと思い巡らす。姉はともかく志貴はどうなんだろう？　姉に対し、なにかを後悔しているようだったし……。

想像して胸がちくりと痛む。黒い靄が心を覆い出し、ついでに胃痛までしてきた。

実家に久々に帰る姉を、純粋な気持ちで迎えられそうにない自分が腹立たしくもあり、この不安が気のせいではなく、なにかが起こりそうなのを暗示しているのではないかと胸騒ぎが収まらなかった。

母伝いに姉の帰省を聞いた数日後、霜月への切り替わりと共に姉はやって来た。

「雅、久しぶり。結婚おめでとう！」

仕事から帰ると、不意打ちの姉の出迎えに目をぱちくりさせる。

「お姉ちゃん」

「なんか痩せたんじゃない？　お母さんからつわりがひどいって聞いたけれど大丈夫？」

まるでついこの間、会ったばかりという勢いだ。会わなかった時間の長さなど微塵も感じさせない。それに引っ張られ、私もいつもの調子で返す。

「大丈夫。お姉ちゃんこそどうしたの？」

袖口にレースのあしらわれたアイボリーのニットとレプラコーングリーンのプリーツスカートを組み合わせ、シンプルだが可愛らしさもあり姉の大人っぽい雰囲気によく合っていた。

二重瞼のぱっちりとした瞳にオレンジ系のアイシャドウを乗せ、モカブラウンの髪は綺麗に巻かれて肩下で揺れている。結婚してメイクを少しだけ変えたのかもしれないが、相変わらず目を引く美人だ。

「ちょっと気分転換よ。それに雅に会って直接お祝いを言いたかったのもあるの」

「お姉ちゃん」

まさかそんな意図もあったとは思わず、温かい気持ちになる。お土産もあると言われ、私は姉と共にリビングに歩を進めた。

あまり食欲はないが、姉もいるので食卓には顔を出す。

「電話で聞いていたとはいえ、志貴と雅が結婚なんてまだ信じられないわ」

両親と姉の近況をいろいろと聞いた後、話題の矛先が姉ではなく私になるのがなんとも居心地が悪い。改めて志貴との件を持ち出されると、どうしても気恥ずかしくなる。

それを見越してなのか、志貴は今日実家に顔を出さない。仕事が忙しいときなど無理はしないでほしいと伝えているのもあって、珍しいことではないが。

それからなんだかんだで姉と他愛ない話で盛り上がるのは楽しく、いつもよりはしゃいでしまった。その反動なのか、どっと疲労を感じて切りのいいところで自室へ向かう。

少し前に比べたら嘔吐する回数は減った。吐き気が強いのはとくに朝で、それを乗り越えたらなんとか吐かずにいる日もある。

ベッドで横になり、大きく息を吐いて天井を見上げた。むかむかする胃も含め、お腹をさする。

志貴に……会いたいな。

枕元に置いてあるスマホをごそごそと手探りし、画面を見てしばし迷う。今、電話しても大丈夫かな？

そのとき部屋にノック音が聞こえ、反射的にスマホを枕の下に隠してしまった。返事をした後、部屋に入ってきたのは姉の静だ。

「雅、大丈夫？　ごめん、私がいたから無理したんじゃない？」

「そんなことないよ。お姉ちゃんと久しぶりに話すの楽しかったし」

起き上がろうとする私を姉が制したので、寝たまま対応する。姉は私の頭の方へやって来てベッド下に腰を落とした。すぐ近くの姉を見上げる形になり、なんだか学生の頃を思い出す。

こうやって寝るまでよくお喋りしたっけ。

「不思議ね、雅がお母さんになるなんて」

「私も……自分で驚いてるよ」

目を細めしみじみと呟く姉に、つい苦笑する。

「志貴、喜んでた？」

「う、うん」

不意に姉の口から志貴の名前が出て、ドキリとする。特別な意味などないはずなのに、つい反応してしまった。

「いいわね。うちは……なかなか難しくて」

姉妹だからわかる。ひとり言にも似た姉の物言いがわずかに寂しさを伴っていた。

「お姉ちゃん？」

確かめるように呼びかけると、姉はこちらを向いて悲しげに微笑んだ。

「お母さんたちには言ってないんだけれどね……離婚、するかも」

「えっ⁉」

告げられた事実に驚き、つい肘をついて体を起こしそうになる。

「ど、どうして？」

なにがあったのか。大学時代から付き合っていた旦那さんと結婚した姉は、誰よりも幸せそうだったのに。もちろん夫婦のことは夫婦にしかわからないだろうけれど。

「ごめんね。雅、大変なときに余計な心配をかけて。まだ決まったわけじゃないし、今回の帰省はちょっとひとりになっていろいろ考えたいのもあって……。もうしばらく実家にいさせてね」

「もちろんだよ。謝らないで。お姉ちゃんはなにも悪くないんだから」

そこで上半身を強引に起こし、軽くえずきそうになったがぐっと堪える。続けて姉の目をしっかりと見つめた。

「私はお姉ちゃんの味方だからね」

強く言い切ると、姉は大きく目を瞠った。

「ありがとう……。雅が羨ましいな」

それは、姉の今の夫婦関係が順調ではないから？　それとも――。

「雅になりたいってずっと思っていたの」

姉の言葉に心が揺れる。そこに込められた彼女の真意がわからなかった。

そのときノック音が部屋に響き、完全な不意打ちに私よりも先に姉が返事をした。

「雅？」

現れたのはスーツ姿の志貴で、今日は来ないと思っていたから驚きが隠せない。吐き気ですぐに声が出せない私に代わって姉が挨拶する。

「おかえりなさい、志貴。久しぶり」

「静、帰っていたのか」

志貴の視線が私から姉に移った。

「しばらく実家でお世話になります。そうそう、結婚おめでとう。雅のことちゃんと幸せにしてよね」

さっきまでとは打って変わって姉はいつもの調子で明るく話す。ふたりが会話するのを見るのは、久しぶりだ。志貴が私に目線を戻す。

「体調は？」

「うん。……今日は吐いてないよ」

ゆっくり答えると、彼はこちらに近づいてきた。姉がすかさず立ち上がり、場所を譲ろうとする。その際、姉が志貴に声をかけた。

「相変わらず仕事大変なの？」

「それなりに。静こそ仕事は大丈夫なのか？」

なにげない世間話だ。それなのにふたりが並んで会話するのを見ただけで胸がざわつく。

「うん。有給とか溜まった代休とか組み合わせているからご心配なく」

ひらひらと手を振り、ふたりの立ち位置が入れ替わった。そばに志貴がやって来て、姉はニヤニヤと笑いながら私たちを見る。

「志貴が雅に甘いのは今さらだけれど、なんか新鮮な光景ね。もうお兄ちゃんって呼んでないの？」

「さ、さすがに……」

からかい交じりに問いかけられ、顔が熱くなる。

「それもそうか。あ、じゃあ、私が雅の代わりに志貴をお兄ちゃんって呼ぼうかしら」

「え？」

「静」

戸惑う私をよそに、志貴がたしなめるような低い声で姉の名を呼んだ。すると姉はわざとらしく肩をすくめる。

「悪かったわ。夫婦になったふたりを見たら、ちょっとからかいたくなっちゃったの。調子に乗ったわね」

謝罪の言葉を口にして、姉は部屋を出て階下に向かった。遠ざかる姉の気配を感じながら、志貴を見遣る。なんだか妙に緊張してしまうのは、どうしてなんだろう。

「今日、来ないって……」

「そのつもりだったけれど、やっぱり雅の顔が見たくて」

ネクタイを緩める仕草に見惚れていたら、彼の手のひらがそっと頭に乗せられた。

「迷惑だったか？」

私はすぐに首を横に振る。

「私も志貴に会いたかった。だから、嬉しい」

間髪をいれずに答えると、志貴は穏やかに笑った。その表情に彼に対する想いがあふれ、そっと両手を前に出す。

「あのね、ぎゅってしてほしい」

一瞬、虚を衝かれた顔をしたが志貴はベッドの端に腰を落とし、言われるがまま優しく私を抱きしめた。私も彼の背中に腕を回し、さらに密着するよう求める。

「どうした？　今日はやけに素直に甘えてくれるんだな」

「だめ？」

おかしそうに言われ、頭を撫でられる。

「いいや。嬉しいよ」

伝わる温もりや彼の逞しい腕の感触に安心する。このままずっといてほしいが、そういうわけにもいかない。

軽く身動ぎし顔を上げて志貴を見つめると、彼は私の頬に手を添えてきた。

「顔色も一時に比べたらマシになってきたな」

正直、今も彼には心配をかけているが、胃液さえ吐き続けていた日々を考えるとずいぶん楽にはなった。それでも吐き気はまだなくならないし、食べていないので体力が落ちている。妊娠して痩せるとは想定外だった。

ねだるような眼差しを向けていたら、軽く触れるだけの口づけが与えられる。嬉しいはずなのに、込み上げてくるのは言い知れない寂しさだ。

「離れたく、ない」

「俺もだよ」

このまま一緒に寝てくれたらと口を衝いて出そうになるのをぐっと堪える。これ以上はだめだ。この後彼はマンションに帰らないとならない。夕飯だって食べたのか。困らせないようにしないと。それなのになにがこんなにも不安なのか。

さっき志貴の隣に立つ姉はやっぱり綺麗で、正直お似合いだと思った。おそらく彼と並んでいたら、私よりも姉の方が恋人と勘違いされる機会は多かっただろう。

不毛な想像をして馬鹿みたいだ。兄妹でなにを考えているの？　でも私と志貴が結婚したように、姉だって同じ可能性があったのだと思うと心穏やかじゃいられない。

『後悔しているんだ。静とは、もっと違う方法があったんじゃないかって』

『ありがとう……。雅が羨ましいな』

もしも……志貴が私と結婚していなくて、離婚を考えている今の状態の姉と再会していたらどうなっていたんだろう。

あくまでも仮定の話だ。無意味だとわかっていても思考が止まらない。そもそもそんなことを考えたところで、私たちには子どもが——。

『責任を取ろうか？』

『まぁ、そうね。責任を取ってくれるだけよかったじゃない』

「雅？」

ハッと我に返ると、志貴が心配そうな面持ちで私を覗き込んでいた。

「あっ」

「どうした？　吐きそうなのか？」

小さくかぶりを振り、うつむく。続けて横になるよう促され、おとなしく従った。

唇を噛みしめ、まともに志貴の顔が見られずにいると、髪を撫でられる。温かい志貴の手に誘われるように目の奥が熱くなり、ぐっと我慢するためにもゆっくりと息を吐いた。

「静と久しぶりに会えたのが嬉しくて、無理したんじゃないか？」

軽く尋ねられ、目を丸くする。その通りだ、姉と話せて楽しかった。でも、彼の質問を普通に受け止められなかった。

「志貴も？」

うん、と一言で済ませたらいいものの、逆に私から尋ねる。

「志貴も、お姉ちゃんと久しぶりに会えて嬉しかった？」

補足して言い直し、彼の反応を待つ。もしかして仕事が忙しくて今日は来られないと言っていた彼が、わざわざ実家にやって来たのは、姉に会うためなのかな？

「そうだな」

予想通り、あっさり肯定される。当たり前だ、否定するわけがない。

「でも雅にこうして会えた方が嬉しいよ。来てよかった」

続けられた志貴の言葉が、黒く覆われそうになった私の心をぱっと照らす。目をぱちくりさせて彼を見ていたら、志貴は私に触れながら口を開く。

「雅の体調がそこまで悪くないようなら、週末にでもマンションで一緒に過ごそう」

思ってもみない提案に意表を突かれ、口角を必死に上げて笑顔を作る。

「うん」

志貴が私を大事にして大切に思ってくれているのは事実なのに、これ以上なにを望むのだろう。お姉ちゃんだって私の幸せを願ってくれている。

志貴は私の頬に唇を寄せ、差し出した私の手を握った。志貴の指摘通り、いつも以上に疲れている。それから私が微睡み出すまで、彼はずっとそばにいてくれた。

第七章　私だけが知らなかった事実

日に日に寒さが厳しくなるが日中は比較的に暖かく、そうなると朝晩の寒暖差に体がついていかずに体調を崩しそうだ。

志貴からはもちろん両親や姉からも服装や行動に気をつけるよう口を出され、まるで小さい子ども扱いだ。末っ子だからしょうがないところもあるのかもしれないけれど。

姉が実家に滞在して一週間以上が経過した。仕事をしていないからと滞在中の家事を担うと申し出、最近では姉の手料理が食卓に並ぶ。姉の得意料理を食べるのは久しぶりで、徐々に吐き気も治まり、食事もとれるようになってきた。

妊娠四カ月となり、次の検査ではいよいよ経腹エコーらしくワクワクしている。でも相変わらず腹部の膨らみはまったくない。世間一般的なお腹の大きい妊婦さんというものは、もっと臨月に近くなってかららしい。

でも、ちゃんとここにいるんだよね。

そっとお腹に手を当てて、歩を進める。金曜日の午後、ホワイトのトップスにテラコッタカラーのフレアスカートを組み合わせ、ピンクベージュのケーブルニットカーディガンを羽織って私は志貴のマンションへ向かっていた。

朝、寒かったから家族から口を酸っぱくするほど厚着をするように勧められたが、昼間はぽかぽかとして上着は必要なさそうだ。

志貴、驚くかな？

今日は志貴も代休を取っていると聞き、仕事の調整がついたので私も先ほど半休を決めた。元々私が仕事を終わったら志貴が迎えに来て彼のマンションで過ごす予定だったが、驚かせたくて自分でマンションにやって来た。

鍵は持っているし、万が一彼がいなかったら家事でもしておこう。

ほぼ毎日顔を合わせているはずなのに、今日はずっと一緒にいられるのだと思うと心が弾む。私はやっぱり彼が大好きなんだ。

嘔吐するつわりが始まってから、ずっと足を運べていなかった。私の住まいにもなるからと渡されたカードキーを使ってドアを開けるのが、なんだか不思議でついもたついてしまう。

鍵が開く機械音を確認し、慎重にドアを開けた。

志貴、いるかな？

心を弾ませながら玄関に顔を覗かせると、あるものが目に入り息が止まりそうになった。

え？

一瞬、目を疑う。広い玄関にはベージュのパンプスがあって、あきらかに女性のものだ。私のものではない。

様々な可能性が頭を過ぎって不安になったが、よく見るとその靴には見覚えがあった。

お姉ちゃん……？

間違いない、実家の玄関でよく目にする姉の静のものだ。持ち主がわかったところで、安堵できないのが複雑だ。

お姉ちゃん、来ているの？

昨日の夜も今朝も、志貴のところに行くとは一言も言ってなかった。でも兄妹だし、姉は今時間があるからなんの気なしにやって来たのかもしれない。

そうに決まっている。

自分に言い聞かせ、靴を脱いで気配を消しリビングに近づく。するとふたりの話し声が聞こえてきた。やはり来ているのは姉の静らしい。

だったらなおのこと当初の予定通り、サプライズでドアを開けたらいい。きっと驚いた顔の志貴が目に入る。姉がいたって一緒だ。

それなのにドアが開けられず、息さえ殺してたたずむ。

盗み聞きなんてよくない。さっさと笑顔で入っていくべきだ。

頭ではわかっているのに、体が動かない。あのときと同じだ。中学生の頃、家に帰ってきてふたりの会話を偶然聞いてしまった過去がよみがえる。

「雅に私たちのことをちゃんと伝えるべきだと思う」

ドアに耳を寄せ、不意に聞こえてきた姉の発言に心臓が跳ね上がった。どうしてここで私の名前が挙がっているのか。

「志貴が雅を傷つけたくない気持ちは理解しているわ。でも……」

「わかっている。ずっと隠し通すわけにもいかないよな。静も……悪かった」

姉にいつもの明るさはなく、なんだか深刻な話をしているのは声や気配だけで十分に伝わってくる。けれど、意味が理解できない。

私を傷つけたくないってなに？　隠し通すって？

たくさんの疑問が次々浮かんでくるが、どれも解消されることなく話は進んでいく。

「謝らないで。私の方こそごめんんね。志貴に向き合うのが遅くなって」

申し訳なさそうな姉の表情は見なくても容易に想像できる。彼女は志貴になにを伝えたいんだろう。

「私ね、志貴が好きよ。ずっと素直になれなくてごめんなさい」

背中から誰かに突き飛ばされたかのような衝撃を受ける。ふらふらとその場にうずくまりそうになるのを、壁に手をついてなんとか堪えた。さっきから脈拍が異様に速くて、呼吸ができずうまく酸素が取り込めない。

志貴は……志貴はなんて答えるんだろう。

「いいんだ。静の気持ちはわかっている。雅にもちゃんと伝えるよ」

いつもと変わらない優しい声に、目の前が真っ暗になる。

逃げ出すように彼のマンションを後にして、ひたすら歩き続ける。一度でも足を止めると、その場に崩れ落ちて動けなくなるような気がした。

外に出て視線を上に向けると、すがすがしいほど秋晴れの空が眩しくて、ぱっと目を背けるようにうつむく。すると今度は逆に目頭が熱くなり、ひたすら泣くのを我慢する。

まさかまた、同じことを繰り返すなんて……。

あのとき、兄妹だからって志貴は姉との関係を諦めたけれど、本当はどこかでずっと引きずっていたんだ。

姉との気持ちを確認し合った今、次に志貴に会ったらなにを言われるんだろう。姉とのことを伝えられるのかな。だとしたら、隠されるよりはマシだと思うべきなのかもしれない。

だって私は志貴に……ずっと無理をさせていた？　嘘をつかせていたの？

意図せず視界が涙で滲む。そのとき、かすかに腹部が痛み、そっと手のひらで覆った。

私ひとりだけなら、好きなだけ泣いて悲しんでなんとか自分の気持ちに折り合いをつけたらいい。でも今はこの子もいる。私は母親としてお腹の赤ちゃんを守らないと。

そのためには、悲しむ前にきちんと志貴と話し合わなければならない。とはいえさっきの今で冷静でいられない。

しっかりしないと。

そのときバッグにしまっていたスマホが音を立てた。着信ではなくメッセージを知らせるもので、仕事関係の可能性もあるので歩道の端に寄ってチェックする。

送り主は由貴で、今日は仕事が早く上がれそうだから久々に実家に顔を出す旨と、今度お店に遊びに来るようにという内容が綴られている。

衝動的に私は彼に電話をかけた。まだ仕事中かもしれないと思いつつ四コール目で相手は出てくれた。

『おう。雅、どうした？』

軽い口調の由貴にどっと気が抜ける。なにか言わなければと思うのに、声が出せない。

『雅、大丈夫か？　どうした？』

なにも答えない私を不審に思ったのか、今度はやや切羽詰まった調子で尋ねられる。

「由貴……くん」

声にしたのと同時に涙がこぼれそうになり、ぐっと唇を噛みしめた。どうしよう。これは私と志貴の問題なのに、彼を巻き込んでいいんだろうか。

でも、こんな電話をしておいて今さらだ。

「あの……私」

『今、どこにいる？　迎えに行く』

有無を言わせない口調に、正直に志貴のマンションの近くにいる旨を告げた。由貴はとにかくどこか建物の中か座れるところに移動しろと指示をしてくる。

近くにファミレスがあるのでそこを待ち合わせ場所にして由貴は電話を切った。彼の言う通り、志貴のマンションまで移動したのもあって少し疲れている。とぼとぼとファミレスに移動しながら、言い知れない罪悪感に包まれた。

余計なことを言って兄妹の仲がこじれたらどうしよう。でも、由貴は志貴と姉の件をなにか知っているようだったし。

平日の昼過ぎのファミレスはそこまで混んでおらず、その代わりホールはアルバイトの女性ひとりで回しているようだった。無難にドリンクバーを注文し、時間を潰す。

本当は、志貴のところでデートのときに買った紅茶を淹れて飲もうと思っていたのに。

マンションに行く前にあんなに浮かれていた気持ちが、今はすっかり沈んでいる。まだ、マンションに姉はいるんだろうか。

「雅」

カップを両手で握りしめてあれこれ葛藤していたら、名前を呼ばれ顔を上げた。

「由貴くん、忙しいのにごめん」

「いいって。とりあえずうちに移動するのでかまわないか？」

たしかに、ここではなかなか話しにくい。志貴となにかあったのは悟っているのだろう。

素直に彼に甘えることにする。立ち上がると、由貴は伝票をさっと手に取り、レジに歩を進めた。

「いいよ、これくらい」

「これくらいだからべつにいいんだって」

そう言って支払いを済ませる由貴にお礼を告げ、彼の後に続く。見慣れた車の助手席に座り、シートベルトをした。

最近は志貴の車ばかりに乗っていたから、なんだか新鮮だ。

「で、兄貴となにがあった？　ケンカでもしたのか？」

車が動き出し、志貴から切り出される。主張がぶつかり合うケンカならまだマシだ。

それどころか私たちはお互いに自分の気持ちをきちんと話せていない。

「志貴は……本当はお姉ちゃんが好きなんだと思う」

「はっ？」

おずおずと告げると、由貴は素っ頓狂な声をあげた。ちらりと彼を見たら、慌てて由貴は前を向く。

「ちょっと待て。なんでそうなるんだ」

「だって……」

先ほど志貴のマンションで見たふたりのやりとりを思い出し、胸が締めつけられる。

そんな私に由貴はため息をついた。

「なにを誤解しているのかわからないけれど、それだけはない」

断言する由貴に、つい眉をひそめる。

「なんで言い切るの？」

まだ事情をまったく話していないのに。しかし由貴にためらいはなかった。

「兄貴が雅にそう勘違いさせることをしたのかもしれないが、ありえない。兄貴は雅だけだよ」

彼の発言を否定したいようで、したくない。

「とにかく話は家でゆっくり聞いてやる。ちょっと着くまで休んでろ」

由貴の手が乱暴に頭に乗せられる。志貴の手とはまた違う。少しだけ荒れていて化学的な香りがかすかにした。

情けない。別れを告げられるかもしれないのに、結局誰のそばにいても思い出すのは志貴のことばかりだ。

由貴の助言に従い、背もたれに体を預ける。眠れそうにはないが、体の疲れは少し取れるかもしれない。車の振動を感じながら私は無理やり目を閉じた。

由貴のマンションに来るのは久しぶりだ。先にリビングに通されソファに腰を下ろす。前に『おろそかになっているうちの家事をどうにかしてくれ』なんて言っていたけれど、部屋は綺麗に片付いていた。グレーを基調に、ヴィンテージテイストの部屋は彼の好みをよく表している。

ややあってペットボトルの水を持った由貴が現れた。

「悪い。今、出せる飲み物これしかない」

「いいよ。さっきファミレスで飲んできたから」

受け取りつつ少しだけ冷静さを取り戻していた。斜め前の椅子に座った由貴から話の続きを促され、迷いつつ先ほど遭遇した出来事について説明する。

「さっき、志貴のマンションに行ったんだけれど……」

由貴は余計な口を挟まず、最後まで聞いてくれた。

「それにね、中学のとき志貴とお姉ちゃんが言い合っているのを見て」

さらに過去の話にさかのぼったとき、わずかに由貴の目が見開かれた。彼がその件について知っているからだろう。

「兄妹だから、結ばれるわけないって。それを聞いて、志貴は私のことも絶対に好きにならないと思っていたの」

そこで姉みたいに諦めていたらよかった？

『無理なの……。だから責任取って』

あんな言い方をしたから？

「私が一方的に恋愛感情を募らせて、責めるような形で想いを伝えたの。志貴は責任を感じたのかもしれない」

さらには妊娠までして……。

「俺にとって雅は大事な妹なんだ」

たどたどしくも語っていたら、唐突に由貴が口を挟んできだ。いつになく真剣な面持ちの由貴に言葉を呑む。

「血のつながり云々が問題じゃない。冗談で結婚なんて持ち出したが、雅を異性として見たことは一度もないんだ」

「ど、どうしたの、由貴くん。そんな今さら……」

彼の意図が読めず混乱する。もちろん私も彼を異性として意識したことなど一度もない。血がつながっていないのを感じさせないほど、私にとって彼は信頼できる兄で、お互いに兄妹としてずっとやってきた。

「だから雅がどう思っていてなにを言ったとしても、兄貴が雅を妹としてしか見ていないなら絶対に応えたりしないさ」

由貴の言いたい内容を汲んで、ぎこちなく目を逸らす。

「でも」

そのときインターホンが鳴り、私たちの意識はそちらに向いた。由貴はおもむろに立ち上がり玄関へ消えていく。

自分に置き換えて告げてくれた由貴の言葉を、頭の中で何度も繰り返す。

志貴は私が想いを伝える前から、少しは私を好きでいてくれた？　異性として見ていてくれたの？

だったら姉はどうして……。

「雅」

ぱっと顔を上げるとドアのところに立っていたのは志貴だった。

「え、どうし」

「なんで連絡しなかった？　由貴のところにいるなんて」

珍しく早口で捲し立て、彼は私の元まですぐさま近寄る。息を乱している様子に、急いでここにやって来たのが伝わってきた。

「それは……」

少しだけ責められているような気がして、理由を説明しようにもどう伝えたらいいのか迷う。すると志貴は私の真正面で膝を折って視線を合わせてきた。彼の表情はいつになく険しい。

「兄妹とは言っても血のつながりはないんだ。一人暮らしの男の部屋に行ったりするな」

「ひでー。大事な雅を保護してやったのに、その言い草」

頬に触れながら、軽くたしなめられる。志貴の目は真剣そのものだ。対する由貴は志貴の言葉などものともせず、相変わらず冗談交じりに笑って返してきた。

「なん、で？」

いつもの私ならここで素直に謝っただろう。けれど今は言い返せずにはいられなかった。

「志貴だって、お姉ちゃんを家にあげていたじゃない！　私に黙ってふたりで会っていたのに、なんで……私だけ」

早口で捲し立て、最後は声にならない。自分の行為を正当化したいわけじゃない。認めてほしいわけでもない。ただ、姉と志貴がふたりで会っていることにショックを受けて、そのとき話していた内容も受け止め切れていない。

突然の私の主張に、志貴は虚を衝かれた顔になっている。

「志貴は……本当は、お姉ちゃんが好きなんでしょ？　中学の頃、兄妹だからって突き放しているのを見たの。それを志貴はずっと後悔しているって。私と結婚して、お姉ちゃんのことを考えているって……」

気づけば涙がこぼれ、今まで聞いた内容をとめどなく志貴にぶつけていた。本当はもっと冷静に話をするはずだったのに。

大人になったんじゃないの、私。母親なんでしょ？

もうひとりの自分が訴えかけてくるが、涙も止まりそうにない。無意識に腹部に手を当てた。子どもを授かってから、すっかり癖になっている。

「悪かった。雅にそんな不安を抱かせていたなんて思いもしなかった」

気がつけば彼に優しく抱きしめられていた。

「静との仲は雅が想像しているものじゃない。俺は雅が一番大切で、誰よりも想っているよ」

嘘だ、と言って否定したいのに声にならず苦しい。志貴を突き放せない自分が憎い。

「いい機会だ。もう全部ちゃんと話したらどうだ？」

由貴の声で我に返る。そのタイミングで再び玄関のチャイムが鳴り、由貴は面倒くさそうな顔でリビングを後にする。

　志貴は私を抱きしめる力を一度強めた後、親指で涙を拭ってくれた。おそるおそる彼を見たら視線が交わる。切なそうな顔をした志貴が、なにか言いかけたそのとき。

「雅、大丈夫？」

　リビングのドアが勢いよく開いて、現れたのは姉の静だった。驚きで涙も引っ込む。

「お姉、ちゃん」

　志貴に抱きしめられたままの状況が気まずく、とっさに離れようとしたが志貴が離してくれない。姉は私の状態などおかまいなしにこちらに近づいてくる。

「由貴になにもされていない？　志貴のスマホに連絡があって、てっきり由貴と志貴の修羅場になっているのかと思ったんだけれど……」

　やっぱり志貴と一緒にいたんだと思う一方で、慌てる姉の言い分がまったく理解できない。どうしたらそういう発想になるのか。

「むしろ雅は兄貴と静の仲を疑っていたぞ」

「えっ!?」

　由貴の説明に、姉は本気で驚いたという顔になる。

「違うの、雅。私たちはね」

「全部、雅に話すよ」

フォローしようとする姉を止め、志貴が言い放つ。思えば兄妹四人揃うのはものすごく久しぶりだ。

ソファに私と志貴が座り、由貴が使っていた椅子に姉が座って、由貴は床に腰を下ろした。

「あのね、雅。まず私と志貴は、雅が疑ったり心配するようなことはまったくないの」

口火を切った姉をちらりと見る。不安が顔に表れていたのか、私を安心させるように姉は微笑んだ。

「だって私たち、本当に血のつながった兄妹なんだもの」

「……え？」

姉の放った言葉が脳で正しく認識できない。

血が、つながっている？　誰と、誰が？

「私はね、お父さんとお母さんの子どもなの。だから志貴と由貴とも血はつながっているし、もちろん雅ともつながっているわ」

お父さんって、私たちの今のお父さんだよね？　志貴と由貴の父親である……。

「ちょ、ちょっと待って。なんで？　え、お姉ちゃんが？　お母さんたちが再婚したときは私たちは……」

話を聞いても混乱する一方だ。頭を押さえていると、志貴がそっと私の肩に触れた。

「順番を追って話すよ。俺たちの本当の母親は、由貴が生まれた後に育児ノイローゼになって家を出たんだ」

ちらっとだけ聞いたことがある、だからお父さんは幼子ふたりを抱えて、実家の助けを借りながらシングルファザーになったらしい。

「結局は、男ができて出ていったみたいだけどな」

由貴が冷たい口調で切り捨てる。私も彼もそれぞれ実の母親と父親の記憶がほぼない。

「それでね、お父さんがお母さんと出会ったのは、本当はお母さんが結婚する前だったの」

父と母は職場結婚だったと聞いている。でも、母は今の会社では離婚した後から働き出したと聞いていた。しかし実際は結婚前もそこで働いていたらしい。

ふたりが恋に落ちて付き合い出したのは、その頃が最初だそうだ。

「子どもふたり連れのシングルファザーと付き合おうなんて、お母さんもすごいわよね。私だったら絶対に無理だわ」

姉は苦笑しながら続ける。

職場でなにかと親身になってくれる父に母は惹かれていき、思い切って告白したそうだ。離婚して息子ふたりを育てているのを理由に父は交際を断ったが、母は息子たちも含めて父のことを知っていきたいと返し、ふたりの交際が始まったらしい。

「でもね、お父さんとの付き合い、ましてや結婚は、おばあちゃんたちが許さなかった。猛烈に反対して、最後はなかば脅しで無理やり自分たちが決めた相手とお母さんを結婚させたそうよ」

母の実家はそれなりの資産家で、業界にも人脈を持っていた。どうやら自分たちが決めた相手と結婚しなければ、お父さんを会社にいられなくすると言われたらしい。

自分になにかされるより、父に迷惑をかけるのをおそれた母は、父に別れを切り出し、結婚するからと会社を辞めた。

「けれど結婚してすぐに妊娠がわかったの。もちろん結婚相手との子ではなく、お父さんとの子よ」

そこでようやく合点がいく。

「じゃあ、お姉ちゃんは……」

「そう。戸籍上は私と雅はお母さんと別れたあの人の娘になっているけれど、私のお父さんは志貴と由貴と同じってわけ」

私の父は体面を気にする人だったらしく、結婚した相手が違う男性との子どもを身籠っていて、そのせいで結婚早々別れるという事態の方を醜聞とした。それを避けたかった父は母に対し、姉を自分の子どもとして生み育てるのを許したそうだ。ただし、必ず自分との子どもを作るのを約束させて。

姉が血のつながりがなくても、男だったら跡取りにしたかったのもあるらしい。血筋より男系を優先する家柄だった。しかし結果的に姉も私も女に生まれてきた。

「あとは聞いての通りよ。男児を生めないなら、って離婚を迫られて、夫婦仲も冷めていた母はあっさりと離婚を決意したってわけ」

その後母は結婚前に勤めていた会社で再び働くことになった。お父さんに対する下心はなく、新しいパートナーでも見つけて幸せになっているのを祈りながら仕事に邁進していたそうだ。しかし系列会社へ異動していたお父さんが本社に戻ってきて偶然、再会を果たしたらしい。

「お互いに近況を話す中で、母さんの離婚の経緯や子どもの存在を聞いて、父さんは、静は自分の子どもじゃないのかって思ったらしい」

志貴が補足して、話がつながる。とはいえ父は自分の子どもである姉に対しての義務からではなく、別れてからも母を忘れられずにいて後悔していたのもあり、今度こそ手放したくないとプロポーズしたそうだ。

それは今の両親の仲の良さや、血がつながらない私に対しても父親として十分に愛された経験から確信を持てる。

「えっと、じゃあ志貴とお姉ちゃんのあのやりとりは？」

おずおずと指摘したら、姉は苦々しく笑った。

「両親が再婚したときにね、私がお父さんの実の子だって知っていたのは志貴だけで、由貴や雅、私自身は知らされていなかったの」

それは年齢が関係しているのか。結局、姉がその事実を知ったのは中学生の頃だったらしい。

「ショックだった。お父さんのことは好きだったけれど、あくまでもお母さんの再婚相手って認識だったし、他人と思っていた志貴や由貴と異母兄妹だったなんて思いもしなかった」

姉の動揺は当然だ。もしもそのとき志貴に想いを寄せていたのなら、あっさり折り合いをつけられるわけがない。兄妹だから、というのは立場ではなく事実だったんだ。

志貴は血のつながりを知っていたから、姉のことを好きだとは思いづらい。それにしたって複雑だったのは間違いないだろう。悲痛な声色で姉を説得していた彼を思い出す。

『雅が羨ましいな』

『雅になりたいってずっと思っていたの』

姉はどんな気持ちでずっと私に接してきたのかな？　志貴と結婚する私を――。

「けれどね、志貴に好きだって伝えたのは、私なりの八つ当たりだったの」

頭を沈め、なにも言えないでいたら姉から突拍子もない発言が飛び出した。

「八つ……当たり？」

思わずおうむ返しをすると、姉は志貴に視線を送る。

「両親も私の出自について話すタイミングには悩んだらしいわ。ただそのときにね、志貴が由貴や雅を含め、私にもその事実を打ち明けるのを先にしてほしいって言っていたって聞いて……」

そこで志貴を見ると、ばつが悪そうななんとも言えない表情をしている。志貴はなんでそんなことを言ったのだろう。

「つまり兄貴が余計なことをしたのが原因ってことか」

由貴が納得したように言うと、姉は小さく頷いた。ちなみに由貴は、両親が姉に事実を告げたのとほぼ同時期に話があったらしい。

「それを聞いて、無性に志貴に腹が立ったの。なんでそんなことを言ったのかって。もっと早く教えてほしかった。ただ、言うタイミングを決めたのはあくまでも両親で、実際にそれ以上幼い頃に聞いていたら事情を受け止めたり、理解できなかったかもしれない。全部結果論よ。でも当時の私は、直接両親を責められない分、自分の葛藤とか戸惑い、苛立ちをお門違いなのもわかっているんだけれど志貴に全部ぶつけることにしたの」

眉尻を下げて、どこか申し訳なさそうな言い方だ。

「好きって言って困らせたかったの。志貴が血のつながりを教えるのを先延ばしにするよう言ったせいでこんなことになったんだって。後悔してほしかった」

姉の告白に目を見開く。志貴に想いをぶつけていた裏にそんな事情を抱えていたなんて思いもしなかった。姉はどこか寂しそうに続ける。

「志貴に好きだって伝えながら、いつの間にか両親を責めたい気持ちや、自分の受け止め切れていない部分が爆発しちゃってね。ずいぶん感情的に責め立てたと思う」

「で、兄貴は兄貴で静に罪悪感を抱くようになって、あの頃はずいぶんと家がギスギスした雰囲気だったよな」

由貴がわざと明るめの口調で当時の様子を振り返った。私も覚えている。姉は兄ふたりとは必要最低限の会話しかなく、両親に対しても素っ気なかった。

私への態度は変わらなかったけれど、家族がバラバラになりそうな不安定感がいつもあった。私だけ、なにも知らなかったんだ。

「けれど、私も大人になって家を出て結婚して……。いろいろ理解できたの。両親の気持ちも、志貴の思いもね。志貴をずっと避けて気まずい関係になっていたけれど、雅との結婚もあって、改めて兄妹としてやっていけたらなって思えた。それをさっき彼のマンションで伝えていたってわけ」

そこで先ほどのやりとりを思い出す。

『私ね、志貴が好きよ。ずっと素直になれなくてごめんなさい』

『いいんだ。静の気持ちはわかっている。雅にもちゃんと伝えるよ』

あれは、実の兄妹としてってこと？　志貴がお姉ちゃんをマンションに入れてふたりで話したのも実の妹だってずっと認識していたからで……。

「だからね、私がさっき志貴に好きって言ったのはもちろん兄としてよ。雅の由貴に対する気持ちと同じ。志貴が私を部屋に入れたのも実の妹だからよ」

補足され、過去やさっきのふたりのやりとりが自分の想像していたものと異なり、それ以上に深刻な状況を背負っていたのだと思うと、勘違いしていた自分が情けない。

「私ひとり、なにも知らなくて……」

申し訳なくて、居た堪れない。志貴や由貴、姉の静それぞれに迷惑をかけてしまっている。

「いいんだ、雅はそのままで。雅がいたから俺たちは家族でいられたんだ」

そこで隣に座る志貴が真剣な面持ちで訴えかけてきた。意味が理解できずにいたら、由貴も志貴に同意を示す。

「そうそう。雅がいなかったら、俺たち家族はとっくにバラバラだったぞ。両親が再婚したときも、静が荒れていたときも、雅がいたから家族でいられたんだ」

どういうことなのかと志貴を見たら、彼は私の頭にそっと手を乗せた。

「一番小さい雅が、戸惑いつつ俺や由貴を兄だって受け入れてくれて、新しい家族が嬉しいってそれぞれをつないでくれたから、雅を中心に今の家族はできあがっていったんだ。みんな雅が可愛くて仕方がなかったよ」

「兄貴の可愛がり方は尋常じゃなかったけれどな」

茶々を入れる由貴を志貴は軽く睨みつける。そんなふたりをあきれた様子で見て、姉は私に微笑みかけた。

「志貴や由貴、両親には反発したけれど雅が妹なのは変わらなかった。お母さんが再婚したときも、自分の血のつながりを知ったときもそう。雅にいっぱい救われてきたのよ」

姉の声はわずかに震えていて、それを受け涙が滲みそうになる。私だって、姉がいたから今の家族でやってこられた。

「そもそもね。志貴が私との血のつながりについて両親に言うのを先延ばしさせたのは、雅のためなのよ」

「え?」

湿っぽさを一転させ、明るく姉は言ってきた。しかし姉の件にどうして私が関係しているのかわからない。

「雅、昔血のつながりがないのを気にしていたときがあったでしょ?」

姉の指摘に一瞬、戸惑う。たしか小学校に入学した辺りに、ステップファミリーだと知った男子にからかわれたのだ。血のつながりがない父や兄が本気で私を家族と思っているわけがない。大事にするわけがないと言われ、一時、悩んでふさぎ込んだ。

そのとき家族みんなが励ましてくれ、とくに志貴はものすごく気にかけてくれた。

それからは、なにを言われてもすっかり自慢の家族や兄姉だと胸を張って言える。

「志貴がね、自分以外の姉や兄には血のつながりがあるって知ったら、雅が疎外感を抱くんじゃないかって心配していたみたいなの」

目を見開き、うかがうように志貴を見た。すると彼はふいっと視線を逸らす。

「やっとうまくまとまっていた家族が、壊れるのも嫌だったんだ」

ぶっきらぼうに告げる志貴に、姉はわざとらしく肩をすくめた。

「はいはい。なにはともあれ志貴は雅ファーストなのよ。……でもね、それは私も由貴も同じ」

言い終えると真っすぐな眼差しを私に向けてきた。

「雅は私たちの大切で大事な妹なの。いつか雅にも話さないとって両親も思っていたみたいだけれど、志貴の発言や私の態度もあって、なかなか言えなかったみたい」

「だから俺たち兄妹からいつか雅に伝えるとは言っていたんだ」

志貴が申し訳なさそうに告げた。その前に、こじれた姉との関係をどうにかしようとしていたらしい。

それぞれ、私に話すタイミングについては考えていてくれたんだ。私が傷つかないようにって。

「今まで事情を話さず、私のせいで心配かけてごめんね。姉として雅の幸せを願っているから。これからは、志貴と幸せにね」

ずっと姉に憧れていた。コンプレックスを感じたことも一度や二度じゃない。志貴との関係を巡って悩んだりもしたけれど、姉が大好きで尊敬する気持ちは変わらない。

「今度、雅が同じような電話を俺にしてきたら、もう次はないな」

「覚悟しておく」

由貴の言葉を受けて、志貴が短く返す。三人それぞれを見て、目を細めた。

「私もね、お姉ちゃんがお姉ちゃんでいてくれて……。志貴や由貴くんがお兄ちゃんで本当に幸せなの。いつも気にかけてくれてありがとう」

こんなに自分が想われていたなんて想像もしていなかった。私はやっぱりこの家族が大好きで、そしてこれから志貴と新しい家族を作っていくんだ。

第八章　永遠を約束する揺らがない感情

姉は由貴が家まで送り届けることになり、私は志貴の車に乗って予定通り彼のマンションへ向かう。車の中では運転する志貴を何度も盗み見しては、姉たちから聞いた話を懸命に整理していた。

マンションに着いてからも、様々な情報を一気に聞きすぎて興奮が収まらずソファの前でうろうろする私を志貴は心配するようにたしなめる。

「ちょっと休んだらどうだ？　体調は？」

「うん。なんか気持ちが昂っているからかな？　今は平気」

マグカップをふたつ持ってきた志貴は、そっとソファテーブルに置いた。デートで寄ったカフェで買ったものだ。志貴がソファに腰を下ろしたタイミングで私も隣に座る。

マグカップに手を伸ばし、温もりを分けてもらうように両手でカップを包み込んだ。琥珀色に揺れる液体をまずは香りで堪能し、カップの縁に口をつける。

美味しくて肩の力が抜ける。

隣で同じく紅茶を飲んでいる志貴にこっそり視線を送った。

端整な顔立ちはもちろん、普段はコーヒー派なのに私に合わせて一緒に紅茶を楽しんでくれる彼の優しさに胸をときめかせる。

私、勝手にたくさん勘違いしていたんだ。

「雅は」

そのタイミングで彼が口火を切り、心臓が大きく鳴った。驚きでカップの中身が揺れて波立ち、さりげなくテーブルの上に置いた。

「あ、うん」

不意打ちに妙に声が上擦ったが、志貴は気にせず神妙な面持ちで続ける。

「俺と静の仲を誤解していたのもあるかもしれないが、雅はずっと由貴が好きなんだと思っていた」

ところが、彼から飛び出した内容があまりにも衝撃的でつい身を乗り出しそうになる。

「な、なんで?」

どこでそんな誤解を与えてしまったのか。まったく身に覚えがない。志貴は私を軽く一瞥する。

「俺はお兄ちゃん呼びだったのに、由貴はずっと名前で呼んでいただろ？　それに俺にはどこか遠慮気味だったのに、由貴には雅がリラックスして気を許している感じがしていた」

「それは……志貴のことを由貴くんに相談していたのもあって……あと、お姉ちゃんとのやりとりを見て、志貴を諦めないとって思っていたから」

私は素直に白状した。まさか彼がそんなふうに捉えていたなんて思いもしなかった。

「でもね、諦められなかったの」

なにか返される前に、はっきりと言い切る。

「何度も兄妹のままでいるべきだって自分に言い聞かせて、志貴に彼女がいるときに諦めようって思っていた。でもね、結局、志貴を好きな気持ちは消えなくて、止められなかった……」

どれほど彼を想い続けてきたのかわかってほしくて必死に訴える。しかし言い終えて、なんだか気恥ずかしくなった。

「わ、私の粘り勝ちだね。志貴は」

「俺は雅がずっと好きだったよ」

笑って誤魔化そうとしたら、志貴が真剣な声色で告げてきた。あまりにも突然の告白に目を見開き、息が止まりそうになる。

「俺は雅が思うほどできた男じゃないよ。両親が再婚して、静の件を聞いたときもずいぶんと戸惑ったし、複雑だった。父さんが実の母親と離婚したときも、再婚したときも俺はいない方がいいんじゃないかってけっこう思い詰めたんだ」

「そんな……」

志貴はなんでもないかのように話すが、実際子どもたちの中で一番年上の彼は誰よりも大人の感情や事情に振り回されたのだろう。想像しかできないが、まだ子どもだった志貴を考えると切なくなる。

すると彼の手のひらがそっと私の頭に触れた。

「けれど雅が俺を兄として慕って必要としてくれたから……救われたんだ。俺はここにいてもいいんだって。俺が絶対に守るって誓って、雅の信頼に全力で応えたいと思った。でも、それが妹としてだけじゃなくて、いつの間にかひとりの男として雅を手放したくなくなっていた」

「……いつ?」

目頭が熱くなり、そう聞くのがやっとだった。妹としてしか見られていない。私が想いを伝えなかったら、この関係はなかったんだと疑わなかった。

「雅が高校生の頃だよ。俺は就職して家を出たけれど、静との一件で実家の雰囲気を悪くしたことや静に対する罪悪感もあって、表面上には出さなくてもずっと自分を責めていたんだ」

そこで一呼吸忍ばせ、志貴は優しく微笑んだ。

「でも事情を知らない雅が、全力で俺を励ましてくれて、どんなことがあっても味方だって言ってくれただろ」

社会人になって志貴は家を出て、会える回数がぐっと減ってしまい、正直寂しかった。そのとき久々に実家に顔を出した志貴がなんとなく元気がない気がして、胸騒ぎを覚えた。

『お兄ちゃん、なんか元気ない？　大丈夫？』

帰ろうとする志貴に走り寄り、声をかける。志貴は一瞬、虚を衝かれた顔をしたが、すぐにいつも通りになった。

『大丈夫、心配ないよ』

『お兄ちゃんは悪くないよ。詳しい事情はわからないけれど、これだけは言える。どんなことがあっても私はお兄ちゃんの味方だから！』

仕事でなにかがあったのかもしれない。尋ねても答えてくれないのもわかっていた。

でも言わずにはいられない。

私の勢いのままの発言に志貴は目を丸くした後、複雑そうに顔を歪めた。

『ありがとう、雅』

当然の流れで頭を撫でられ、反射的に払いのける。

『もう高校生だし、子ども扱いやめて』

もしも志貴と年齢や立場が近かったら、相談してもらえたのかもしれない。こんな抽象的な言葉ではなく有意義なことが言えたかもしれないのに。

居た堪れなさに、わずかに目を伏せたら志貴は再度私の頭に触れた。

『いいだろ。俺にとって雅はいつまでも大事な妹なんだ』

ああ、やっぱり。彼にとって私の立ち位置はずっと変わらないんだ。それでも志貴の表情が幾分か明るくなったので安心したのを覚えている。

「雅が俺を必要としてくれたのと同じくらい俺も雅が必要になっていた。誰にも渡したくない」

目を見てしっかりと伝えてくれる志貴に、堪えきれなくなった涙がこぼれ落ちる。

志貴はカップをテーブルの上に置くと、指先で私の涙を拭った。続けて彼の両手が私の頬に触れ、心地いい手のひらの温もりに視界はどんどん滲んでいく。それでも志貴は私から視線を逸らさない。

「不安にさせて悪かった。俺はとっくに雅をひとりの女性として想っている。愛しているよ」

涙腺が緩み、顔を背けたいのに叶わない。ずっと信じながらも揺れていた不安の塊が溶けて消えていく。うかがうように顔を近づけられ、目を閉じたら唇に温もりを感じた。久しぶりの志貴とのキスを初めてなんのわだかまりもなく受け入れられる。

ぎゅっと抱きしめられ、彼の背中に腕を回す。

「私が告白しなかったらどうなっていた？」

自分から質問する余裕もわずかに生まれてきた。

「力ずくで奪っていたかもな」

さらりと返され、髪を撫でられる。

それは半分、嘘だ。志貴はいつも私の気持ちを最優先にするから、絶対に無理強いはしない。

もしかして彼も、私が兄としてしか見ていないと思って、葛藤していた部分もあるのかな？　信頼を裏切りたくないって。

尋ねようと顔を上げたら、志貴は私の頤に手をかけた。

「雅が望むのなら、いい兄でずっといるべきだとも思っていた。でもそれも限界だった。雅の心も体もすべて俺だけのものにする」

「今さら？」

彼の言い分に苦笑する。彼に想いを伝えたときに告げたように、もうずっと前から私の気持ちは彼にしか向いていない。

「志貴以外、いらない」

その発言を封じ込めるようにキスで口を塞がれる。ゆるやかに目を閉じたら、唇の表面が触れ合うだけの柔らかい口づけが幾度となく繰り返されていった。

角度を変えて何度も重ねられるたびに、心の奥底から言い知れない欲望が湧き出て胸が締めつけられる。

唇がおもむろに離れ、志貴は怒っているのか、なにか葛藤を抱えた表情をしている。けれど目が合うと、すぐに微笑んでくれた。

「今は、雅の体調が最優先だな」

よしよしと頭を撫でられ、衝動的に自分から彼に口づける。驚きで目を見開いたままの志貴を視界に捉え、意を決した。

「私は……大丈夫だから。もっと志貴に触れてほしい」

抱き合うだけで、キスするだけで満たされていたはずなのに、いつの間にこんなに私はこんなに欲張りになったんだろう。

志貴、あきれているかな？

発言をフォローしようとしたら声にする前に口づけられる。

「俺もずっと雅に触れたかった。愛したくてたまらないんだ」

余裕のない表情に息を呑む。長年一緒にいて、彼が大人の男性なのはとっくにわかっていたけれど、こうして色気を孕んだ顔をするなんて想像もしていなかった。

これからも私は知らなかった志貴の一面を見せてもらえるのかな。

寝室に足を運び、ベッドの端に並んで腰を下ろす。見つめ合って優しく頭や髪を撫でられながら、私は少しだけ怖気づいた。

「その……するの？」

自分でこの流れを作っておきながら、つい確認する。こういうのを尋ねるのは野暮かもしれないが、聞かずにはいられなかった。

「雅はどうしてほしい？」

ところが志貴は質問で返してきた。目を瞠り、視線を彷徨わせる。志貴ともっと触れ合いたい気持ちは本物だ。体調も今は問題ない。

「私、は……」

無意識に腹部に触れ、答えに迷った。すると志貴は私の肩を抱いて額に唇を寄せる。

「抱きたくないって言ったら嘘になる。けれど俺は、雅もお腹の子も大切なんだ」

どうやら私のためらっていた部分について彼にはすっかりお見通しだったらしい。

やっぱり志貴には敵わない。それでいて私の気持ちを大事にしてくれる彼が大好きなのだとこうして何度も実感する。

志貴はこつんと額を重ねてきた。

「大丈夫。抱かなくても、たくさん雅に触らせてもらう」

具体的に志貴がどうするつもりなのかはわからないが、きっと彼は私の嫌がることはしない。安心して身を委ねられる。目で応えると、志貴は私のカーディガンのボタンに手をかけた。

「まずは脱ごうか」

「じ、自分で、あっ」

抵抗しようとしたら耳たぶに口づけられ、反射的に身をすくめた。その間にあっさりカーディガンは脱がされ、続けてトップスの裾を掴まれる。

「なにもしなくていい。雅を甘やかしたいんだ」

そう言うと肌を撫でられるようにするりと脱がされていく。こうなってしまっては逆らえない。

「ほら、手を上げて」

腕を抜くよう促され、葛藤しつつも彼に従った。自分で脱ぐよりも恥ずかしいかもしれない。下着もあっさり剥ぎ取られ、上半身が裸になる。

身震いすると志貴にぎゅっと抱きしめられた。

「体調が悪くなったり、嫌だったら言えよ」

「うん」

答えてどちらからともなくキスする。先ほどとは違いすぐに唇の間を舌で舐め取られ、受け入れるように小さく口を開けた。

「んっ……」

滑らかな舌先が口内に忍び込まされ、舌の表面をなぞられる。これを気持ちいいと思ってしまうのだから不思議だ。志貴以外だったら、ありえない。

温かくてぬめった舌の感触に背中がゾクゾクと震え、深く押し入られて求められる。応えたくて自ら舌先を絡めようとするも、結局は彼にされるがままだ。

「ふっ……ん」

くぐもった声が勝手に漏れてしまう。それと同時にぴちゃぴちゃと音を立て、唾液が混ざり合っていく音も耳についた。

はしたないと思われたくない一方で彼を求める気持ちが止まらない。キスをしながら志貴は私の頭や頬を撫で、時折目を細めて私を安心させる。

「ん……好、き」

切れ切れに言葉にして伝える。こぼれる吐息が熱くて、生理的な涙でぼんやりと視界が滲んだ。

「雅」

名残惜しく唇が離れ、艶っぽく低い声で名前を呼ばれる。

「大好、き」

あふれる気持ちをもっと正確に伝えたいのに、言える言葉がこれしかない。しかし志貴は嬉しそうに笑って軽くキスをしてきた。

「ん。俺もだよ。誰よりも愛している」

多幸感に包まれていたら、強く抱きしめられ背中を撫でられる。剥き出しになった肌に彼の手のひらが直接滑り、心臓が跳ねた。

「ね、志貴も脱いで」

甘えるようにねだる。自分だけこの格好なのは心許ないし、抱きしめてもらえるなら素肌で触れ合いたい。

彼のシャツを掴むと、また口づけられる。

「雅の仰せのままに」

手際よく服を脱ぐと、彼の逞しい上半身が目の前に晒される。引き締まった体はほどよく筋肉がついていて、見惚れてしまいそうだ。初めて抱かれた夜を思い出し、自分から望んだにもかかわらず、思わず顔を逸らしてしまった。

固まっている私を志貴は再び抱き寄せる。さっきまでとはまったく違う皮膚の感触に、心臓が早鐘を打ち出す。ところが彼は私をさっと離す。

「ベッドに入ろう。少し冷えている」

なにか不満があったのかと思ったら、労わるような声色が耳に届いた。相変わらず過保護だと思いつつ嬉しくて素直に頷く。

ふたりでベッドに入り、今度は自分から彼に身を寄せた。鼻先を彼の胸に押し当て、密着すると、体温や鼓動がダイレクトに伝わってくる。安心できる温もりと心地よさに息を吐いた。

「志貴、あったかい」

本音が無意識に漏れ、目を閉じた。

「もっと温めようか？」

私の頭を撫でていた彼から問いかけられ、顔を離して志貴を見遣る。すると彼の顔が近づき、唇を塞いできた。

「……んっ」

他の人と経験がないけれど、志貴のキスは巧みだ。唇を重ねるたびに、触れ方や順序を変えてくまなく口内を舐めつくされて懐柔される。

「んぅ⁉」

キスに集中していたら彼の手が肌を滑り、驚きで喉の奥からか細い悲鳴が漏れた。

「あっ」

とっさに顎を引こうとしたが、強引に口づけは続行される。その間も彼の手は止まらない。脇腹を撫でていた手は上に伸び、胸とお腹の境目辺りを丁寧になぞっていった。

くすぐったいような、もどかしい感覚に困惑する。志貴の指先が触れたところがじんわりと熱を帯びてしっとり汗ばんだ。

「志、貴」

キスの合間に助けを乞うように名前を呼ぶ。それを受けて志貴は唇を離し、意地悪そうに微笑んだ。やがて下から持ち上げるように胸を優しく揉まれ、身をすくめる。

「ひゃっ」

「ん、どうした?」

言葉とは裏腹に、確信をもって彼は私の耳に口づける。そのままおもむろに耳の縁を舐められ、大きく目を瞠った。

「や、やだ!」

反射的に抵抗しようとするが、体勢も相まってどう考えてもこちらの分が悪い。ねっとりとした舌の感触に肌が粟立ち、声にならない悲鳴をあげる。耳から聞こえるのは脳に直接響くような淫靡な水音で、息が詰まりそうだ。

彼の手は変わらずに胸元に添わされていた。

「雅」

吐息交じりに耳元で囁かれた名前は艶っぽく、奥底に沈めている私の欲を簡単に引き出していく。

「やめてほしいか?」

さっきとは違い切羽詰まった言い方に私はぐっと唇を噛みしめた後、大げさに首を横に振った。

「やめ、ないで」

息を乱しながら訴えかける。苦しくて、切なくて息が詰まりそうなのに、彼をもっと求めている自分がいる。嫌な気持ちはひとつもない。

「好、き」

目が合うと志貴は整った顔を歪め、私に口づけた。どこか焦らすような触れ方だった彼の手が、遠慮なく胸を愛撫していく。

与えられる刺激がそれまでよりも大きく反射的に背中が弓なりになった。

「あっ」

口を塞がれているので音になったのは一瞬だった。手のひら、指先、指の腹と触れ方を変えて肌を蹂躙されていく。次第にじれったい疼きが体の中に溜まっていき、なんとか解放したいのにうまくできない。

「んっ……ん」

志貴の腕を無意識にぎゅっと掴み、ふと爪を立てているのではないかと我に返る。

ぱっと彼から手を離したら、志貴がキスを中断させ私に触れていた手の動きも止めた。

「ごめっ……腕」

「なんともないよ。雅につけられる痕なら逆に欲しいくらいだ」

焦ってとっさに謝罪が口を衝いて出たが、志貴はものともせずに笑った。続けて首筋に顔を埋められ、強く肌を吸われる。

「ん」

ちくりとした痛みに目を閉じたが、彼は離れるどころか肌に唇を押し当てた。その箇所を中心に鳥肌が立ち、息が止まりそうだ。

「雅はどうしてほしい?」

身をよじろうとしたらふと志貴に尋ねられる。一瞬答えに迷い、なにも言えずにいると志貴がおもむろに顔を上げた。射貫くような眼差しに釘付けになる。

「言ってくれないか、雅」

情欲を孕んだ声と表情に、頭が真っ白になった。志貴はしばし私の返事を待つ姿勢を見せる。けれど何度も瞬きをしつつ結局は声が出せなくて静寂がふたりを包んだ。

すると志貴はそっと唇を合わせ、肩口に舌を這わせてきた。

「あっ……」

「俺を欲しがってくれたら、今よりずっと気持ちよくしてやる」

吐息と舌が薄い皮膚を撫で、体を震わす。身をよじりそうになりながら、私はついに白旗を揚げた。

「もっと……して。気持ち、いい」

与え続けられていた快楽に溺れて、羞恥心も吹き飛ぶ。

「志貴に触られるの、嫌じゃ……ない。大好き、なの」

気づけば目尻に溜まっていた涙がこぼれ、重力に従って片側の耳を濡らす。一度志貴が顔を上げ私の頬を撫でた。

「俺も雅が好きだよ。なにもかも全部、愛しているんだ」

柔らかく口づけられ、彼の首に自分の腕を回して求める。ずっと志貴が欲しくて、彼に愛されたくてたまらなかった。

それから余計なことを考える余裕など与えてもらえないほどに、志貴にたっぷりと愛された。


温かさに、頭も体も起きるのを拒否している。もう少しこのままでいたい。しかし意識はクリアになり、自然と瞼を開けた。

「ん」

「起きたか?」

続けて心地いい低音が耳元で囁かれ、私はがばりと顔を上げる。すぐそばに肘をついてこちらを見下ろしている志貴の姿があった。

視界に映り込んだなんとも言えない色っぽさにどぎまぎする。なにも身に纏っていない彼の綺麗な鎖骨のラインに目を奪われる。

「おはよう。体調は？」

「だ、大丈夫」

さりげなく尋ねられ、慌てて答えた。そこで私も志貴と同じ状態なのを思い出し、隠れるように彼に密着して、乱れる心音を落ち着かせる。

部屋の中はずいぶんと薄暗いが、今何時だろうか。

「もう五時を過ぎている」

私の心の内を読んだかのように志貴は告げ、そっと頭を撫でてきた。

あの後全身余すところなく志貴に触れられ、キスを落とされた。

大切に、慈しむように扱われながら、確実に私の弱いところを攻め立てられ最後の方はなにを口走ったのか覚えていない。正確には思い出さないようにする。

無意識にぎゅっと身を縮めると、志貴が抱きしめ返してくれた。

おかしい。たしかに私は抱かれていないかもしれないが、抱かれる以上に志貴からの愛を注がれて、体の力がすっかり抜けてしまった。

荒い呼吸を繰り返しながら疲労と眠たさを訴える私を、彼は優しく腕の中に閉じ込め、眠るように促してきた。

そう、今みたいに。

密着して伝わる温もりと手のひらの感触に、再び睡魔に襲われそうになる。でもこれ以上、眠るわけにはいかない。いい加減、起きないと。

「眠いなら、そのままでいい。先に起きて夕飯の準備でもしてくるから」

苦笑しながら上半身を起こす志貴の手をすかさず掴んだ。

「いい。志貴が起きるなら私も起きる」

寝起き特有の掠れた声で伝えた。密着していた部分が離れ、寂しさと肌寒さが一気に押し寄せてくる。無理をしているわけでも気を使っているわけでもない。

「一緒にいたいの」

それが本音だ。彼に支えられるようにして体を起こし、脱いだ服を探そうとしたら突然、背後から抱きしめられた。

「わっ」

今度は逆に背中から体温が伝わり、腕が前に回される。

「な、なに？」

「ん？　相変わらず雅は可愛いなと思って」

私がひねくれているからか、長い付き合いだからか。妙に子ども扱いされていると感じてしまうのは気のせい？

「本当に大丈夫か？　吐き気やお腹に異常は？」

ところが急に神妙な声色で尋ねられ、私も真面目に答える。

「平気だよ。お腹もいつも通り」

腹部に手を当てると、志貴が手を重ねてきた。

「無理するなよ」

「させたのは誰？」

反射的に顔を彼の方に向けて噛みつく。文句を言おうとしたらすかさず唇が重ねられた。

「悪かった。これでも必死に理性は保っていたつもりなんだ」

ああ、もう。ずるい。

そんなのは私が一番よくわかっている。いつだって私を大事にしてくれる彼だから、私も安心して身を委ねられるのだ。

軽く志貴の頬に唇を寄せる。彼に対して、大人の色香がないのが悩みどころだ。すぐさま前を向き、今度こそ服を着ようと気持ちを切り換えた。しかしそれを阻むかのように耳たぶにキスが落とされる。

「あっ」

つい声が漏れてしまったが、志貴はそのまま耳元でおかしそうに笑った。その声や吐息さえ刺激になって息が詰まりそうだ。

「雅」

切なげに名前を呼ばれ、顔をうしろに向けてどちらからともなく唇を重ねる。今日だけでもう何回キスをしたのかわからない。けれど志貴とキスをするたびに胸をときめかせ、彼への想いを増幅させる。

「離れがたいのは俺も同じなんだ。今日は泊まっていくだろ？」

「うん。志貴がかまわないなら」

元々そのつもりでやって来た。迷惑はかけたくないし、無理はできないけれど志貴と一緒に過ごせるのを楽しみにしていた。

「それで、もしも体調がそこまで悪くないなら、引っ越しをもう少し早めるか、こうして週末だけでも俺のマンションで一緒に過ごせないか？」

さらに彼に提案される。つわりが落ち着くまでと年末に引っ越しを先延ばしにしていたが、多少の気持ち悪さの波があっても、だいぶ吐かなくなったし、ずいぶん体調も安定してきた。

産後はまた実家にお世話になる予定だが、志貴と一緒にいたい気持ちは私も同じだ。

「志貴は、私がいなくて寂しい？」

同意しようとして、わざと冗談交じりに尋ねる。すると彼はわずかに眉尻を下げ、頬にかかる私の髪を耳にかけた。

「寂しいよ。雅にそばにいてほしいんだ」

思った以上にストレートな言葉が返ってきて息を呑む。やっぱり志貴より優位に立つなんて無理な話だ。

「うん。私も」

彼につられて今度こそ素直に答える。

優位とか不利とかやっぱりどうでもいいや。変にひねくれず、いつも真っすぐに想いを伝えてくれる志貴だから好きになったんだ。

前に視線を戻し、回されている彼の腕にぎゅっとしがみつく。

「大好き」

この腕にずっと守られてきた。細身なのに脱ぐと意外と筋肉質だと知ったのはここ最近の話だけれど。

「俺もだよ。妹としてずっと大切にしていこうと思っていたのに、いつの間にかひとりの女性として雅が欲しくてたまらなかった。いつも追いかけてくれるその瞳を自分だけに向けてほしいと思うようになったんだ」

志貴の告白に目を瞬かせる。顔は見えないが、彼が今どんな表情をしているのか私にはわかる。ずっと彼を見てきたから。

そっと彼の方を向くと、志貴は予想通りの優しい面持ちで、慈しむように私の頬を撫でた。

「雅は自分が告白したからってきっかけを気にしていたけれど、そもそも妹としか見ていないなら雅の想いに応えたりはしない」

この関係の始まりを引きずって、私の中で大きなしこりになっていた。でも志貴は私が想像する以上に、私を求めてくれていたんだ。

想いがあふれて自分から彼に口づける。

「そういえば、由貴くんもそんなこと言って」

照れ隠しもあって、ふと思い出した由貴の言葉を伝えようとしたら今度は志貴から強引に唇を重ねられた。

「今、他の男の名前は聞きたくない」

唇が離れるや否や志貴は眉をひそめて言い放つ。まさかそこが気に入らなかったとは思いもしなかった。空気が読めていなかったと自分を責めそうになったが、相手は彼の弟でもあり私の兄でもある由貴だ。

「帰ってくるときも言ったが、兄とはいえもう由貴のところにひとりで行ったりするなよ」

私の考えを見越したかのように釘を刺される。

「志貴は意外とやきもち妬きなんだ」

真剣な志貴に対して申し訳ないが、なんだか可愛いと思ってしまう。つい笑みをこぼすと、志貴はこつんと額を重ねてきた。

「そうだよ。雅のことになるといつも冷静でいられなくなる。自分でも驚くくらいに。俺の感情を揺さぶるのは、いつも雅だけなんだ」

続けて彼は私の左手に自分の指を絡めて握ってきた。

「雅を誰にも渡さない」

揺れない瞳に息が止まりそう。これは完敗だ。

志貴こそきっと気づいていない。私がどれほど彼の一挙一動に一喜一憂してきたか。

それはゆっくり伝えていったらいいかな。この子が生まれるまでに。兄妹として長い間一緒に過ごしてきたけれど、夫婦としてはまだまだこれからだ。

つわりのせいで、しばらく結婚指輪もつけられていなかったけれど、またつけよう。彼の左手の薬指に光る指輪と同じデザインのものは、私たちが生涯を誓い合ったのを示す大事なものだから。

他人だった私たちが義理の兄妹になって、形を変えてお互いの一番になり、今はこうして夫婦になった。もう少しで家族も増える。

私たちなりの素敵な家庭を築いていこう。

これからも志貴と共にいられる幸せを噛みしめながら、彼からのキスを受け入れた。

第九章　今までもこれからもすべてあなたと

ソファの背もたれに体を預け、スマホを閉じてから今日一日の出来事をぼんやりと振り返る。ワックスでまだ固まっている毛先を確かめるように引っ張り、続けて左手の薬指にはめている婚約指輪と結婚指輪を見た。

つい幸せで顔がニヤける。今日は私と志貴の結婚式だった。

まだまだ先だと思っていたのに、年が明け引っ越しなどもある中で、あっという間に当日を迎え、家族や友人に祝福されとても幸せな時間を過ごせた。

夏美と香帆も出席してくれたが、ふたりに直接会って妊娠と結婚の報告をしたときは、これ以上ないほど驚かれた。

予定もあるだろうからと式場を予約して時間などを決めた時点で、先にメールで結婚式の出席をお願いしたのだが、相手については直接会ったときに話すと言っていた。もったいぶるつもりはなかったけれど、やっぱり自分の口からきちんと話したくて。

ところがつわりが始まり、結局ふたりに会えたのは、安定期に入ってからだ。

両親とはまた違う緊張感に汗をかく。私はずっと嘘をついていたから。

やっぱりお店を予約して段取りをまとめてくれたのは夏美で、この日ばかりは私が一番乗りで、ふたりを待った。私の顔を見るなり詰め寄りたそうなふたりに、さっさと切り出す。

『突然ごめんね。あのね、実は……』

私の伝えた結婚相手に、香帆は驚きで店中に響きわたるほど大きな声で叫んで、対照的に夏美は目を瞠って硬直した。

ずっと志貴が好きだったのと、それを今まで言えなかったことを謝罪する。

『そりゃ、義理とはいえ本気で兄が好きなんてなかなか言えないよね』

香帆は苦笑しつつ、今まで変にからかっていたのを謝ってくれた。

『なんとなく……雅は他に好きな人がいるんじゃないかって思っていたの』

夏美はため息をつきながらしみじみと呟く。高木さんの件でも夏美にはたくさん気にかけてもらったのに、申し訳ない気持ちでいっぱいだ。

再度、謝罪の言葉を口にしようとしたら、その前に夏美が続ける。

『だから妥協とかではなくて、雅が本当に好きな人と結ばれたならよかった。おめでとう、雅』

『夏美……』

ふたりに自分の気持ちを含め事実を話せて、肩の荷が下りたような安堵感に包まれる。

『雅がお母さんになるんだ。なんか不思議ー。赤ちゃん生まれたら、絶対に会いに行くからね！』

『その前に結婚式でしょ』

はしゃぐ香帆に夏美が冷静にツッコむ。そんなふたりのやりとりを見て私は笑った。素敵な友人がいて、私は幸せだ。きっとこれからお互いの立場が変わっても、ふたりとの仲は変わらずにいられると思う。

「雅」

名前を呼ばれて我に返る。席をはずしていた志貴がリビングに戻ってきて、私は腰を浮かせた。

数時間前までタキシードに身を包んでいた彼は、今は私服だが髪型だけはそのままだ。普段は下ろしている髪をワックスで整え、いつもとはまた違うモデルさながらの凛々しさに胸がときめく。

「志貴、ありがとう」

私の左隣に腰を下ろした彼を目で追いながら呟いた。不意にこちらを向いた志貴と目が合い、私は微笑む。

「結婚式、しなくてもいいと思っていたけれどやっぱりしてよかった」

甘えるように志貴の腕に自分の両手を絡める。

プリンセスラインのウェディングドレスは、お腹から膝下にかけてゆったりとした造りで、スカートはふわふわのレースにスパンコールが散らされとても華やかだった。下半身に重みを置いた分、上半身はデコルテが綺麗に見えるVネックラインのすっきりとしたデザインで、妊娠関係なく一目で気に入った。

幼い頃に憧れていた花嫁さんそのもので、隣には大好きな志貴が微笑んで立っている。夢みたいな現実が目の前にあって、涙があふれそうになるのを何度も堪えた。

世界で一番、幸せだって自信を持って答えられる。

両親や兄姉、親しい友人や職場の仲間に祝福され、忘れられない結婚式になった。

「それから……すごく素敵な志貴が見られてよかった」

照れつつ正直な感想を口にする。少なくとも私の友人や職場関係者からは彼が登場して軽いどよめきが起こった。

実際のところ、私よりも注目されていたのでは？

「俺は、可愛い雅の花嫁姿が見られて幸せだったよ」

頭を撫でられながら返された言葉に、つい噴き出してしまう。志貴はわけがわからないといった表情になった。

「その言い方だと、どうしてもお父さんかお兄ちゃんなんだもん」

斜に構えたわけではなく、長年の関係性からどうしてもそんなふうに感じてしまった。もしも私が別の相手と結婚しても、彼はそう言っていた気がする。

案の定志貴は不服そうな面持ちになった。

「もちろん、夫として言っているんだ」

「わかっているよ。少しは志貴に釣り合っていた？」

わざとおどけて言ってみる。妹ではなく妻として、私は彼に相応しかったかな？

「釣り合うもなにも、綺麗すぎて驚いた」

完全に油断していた私は思わず耳を疑う。彼を凝視したら、志貴は私の目を真っすぐに見つめてきた。

「あの子どもだった雅がこんなにも綺麗で魅力的になって……それでも俺に向けてくれる笑顔は昔から変わらず、屈託なくて愛らしい。もうとっくに妹としてなんて見られなかった」

真剣な声と瞳に、目の奥がじんわりと熱くなる。彼から目を逸らせない。

「ありがとう。俺をひとりの男として選んでくれて。ずっと大切にするから」

嬉しそうな表情に目尻から涙がこぼれそうになる。今日、何度も涙する場面はあったけれど、こうして私の心を一番揺さぶるのは他の誰でもない志貴だけなんだ。

「それは……私のセリフだよ」

震える声で紡ぐ。志貴は笑いながら私の涙を拭うようにそっと目尻に唇を寄せた。

「俺の奥さんはこんなに可愛いんだって、もっと自慢したかった」

続けて頬に口づけられる。

『お兄ちゃんと結婚する！』

幼い頃、大好きな志貴の後を追いかけて、無邪気に口にしていた願いが、まさかこうして実現するなんて。

どちらからともなく唇を重ねる。触れるだけの優しいもので、自然と結婚式を思い出す。土壇場で照れてしまう私に、志貴は無駄な所作ひとつなくスマートに誓いのキスをしてくれた。

唇が離れ目を開くと、至近距離で視線が交わる。続けてなにも言わずに見つめ返していたら、強引に口づけられた。

「んっ」

もっとしてほしいと求めているのは、バレバレだったらしい。

上唇を食まれ、お返しと言わんばかりに彼の下唇を吸う。舌先を擦り合わせ、すぐに深いキスに溺れていった。

「ふっ……」

空いている方の手を腰に回され、引き寄せられる。おとなしく身を委ね、自分からも志貴にくっついた。

相変わらず息をするタイミングが掴めなくなってくる。こういうとき経験の差を思い知らされ切なくなる。私の微妙な心の機微を読んだのか、そっと志貴が口づけを終わらせた。

「あ」

彼の顔を見て、唇の端にピンク色の口紅がついているのに気づく。いつもはそこまで濃い色を塗らないのだが、今日は結婚式でメイクもかなり念入りに特別にしてもらっていたのだ。

「ごめん、ついちゃった」

すぐに彼の口元に手を伸ばし、親指で拭う。なんだか気恥ずかしい。

志貴は私の手を取り、唇から離した。

「平気だよ。洗面所使うならどうぞ。風呂も沸いている」

「ううん。志貴が先に入って」

彼の提案に即座に返した。メイクを落として髪を洗うなどをしていたら、私は志貴より時間がかかるだろうし。彼だって十分に疲れている。

「一緒に入ろうか」

ところが、あまりにも志貴が平然と言ってのけたので、すぐに理解できなかった。

「い、いいよ。志貴はひとりでゆっくり入って」

ぶんぶんと手を振って拒否しようとしたが、右手は彼に掴まったままだったのを思い出す。志貴は掴んでいる私の手を、どういうわけか自分の口元に持っていった。

「雅が嫌なら無理強いはしない」

そう言いながら指先に口づけを落とされる。あまりにもその動きが優雅で様になっていたので、胸が勝手に高鳴る。

「ただ、俺はいつだって雅を甘やかしたいし、愛しくてたまらないんだ」

続けて手のひらに音を立ててキスをされ、湿った唇の感触に心臓が早鐘を打ち出す。

射貫くような眼差しに胸が痛い。結局、志貴には逆らえないんだ。

自分から口づけ、彼に応える。

揺れる水面をぼんやり見つめ、そっとお湯をすくい上げる。温かい湯気に安堵するのと共に微睡んでしまいそうだ。

「眠くなってきた？」

それを察したのか、背後からおかしそうに尋ねられる。お湯に浮いている私の髪先に彼の指が絡められる。

「少し」

私は素直に頷いた。無意識にぎゅっと身を縮めると、お湯がぱしゃりを跳ね、抱きしめられる力が強くなる。

「さすがに疲れたよな。体調は？」

「志貴、そればっかり」

ふふっとつい笑みがこぼれた。今日だけで何度目の問いかけだろう。式の間も、なにかと彼は私の体を気にしていた。

「お腹の子どもはもちろん、雅も大事なんだから当然だよ」

背中を預ける形で彼にもたれかかり、ちらりと視線を送った。

「志貴が甘やかしてくれるから平気」

こまめに休息も取っているし、なによりこんなにも気遣ってくれる彼がいるから大きな問題はない。

きっと志貴は、子どももたくさん甘やかすんだろうな。

彼の指先が額を掠め、濡れて肌に張りついた髪を耳にかけられる。その仕草を目で追っていると不意に口づけられる。

意外にもすぐに唇は離れ、残念だと思う間もなく続けて彼は私の首筋に顔をうずめた。あまりにも予想外の行動に身構える暇もない。

「あっ」

汗ばんだ薄い皮膚に唇を寄せられ、体がびくりと震える。次にねっとりとした舌の感触にお風呂に入っているにもかかわらず鳥肌が立ちそうになった。

「雅があまりにも可愛いことを言ってくれるから」

「やっ」

わざと吐息が肌にかかるように呟かれ、彼の話している内容が頭に入ってこない。

抵抗しようとしたが、回されている腕の力が強く、むしろ彼の方に体を向けさせられた。その間も志貴は私の肌に唇を添わせていく。

「ね、待っ」

ちくりとした痛みに、言葉を止めて眉をひそめる。志貴は私の胸元についたばかりの痕を満足げに撫でた。

抗議の声をあげようとしたら、こちらを向いた志貴と目が合う。すぐそばで見る志貴の顔がやけに色っぽく、目を瞠った。濡れた髪に、肌を滑る水滴。ベッドの上とはまた違う彼の色気に目眩を起こしそうになる。

「結婚式が終わったんだからもういいんだろう?」

しれっと告げられ、二の句が継げない。

「そ、そういう問題じゃ……」

彼と触れ合う中で、結婚式でドレスを着るのもあり、ここ最近はキスマークをつけないでほしいとお願いしていた。志貴は約束を守って私の肌には触れるか口づけを落とすだけだったが、式が無事に終わった途端になにも実行しなくても。

言い返したいのに、志貴は私の肌をきつく吸い上げる。

「んっ」

「雅は色白だから綺麗に痕がつく」

楽しそうに志貴が呟き、肩を縮める。胸にはすでにいくつもの赤い痕があり、そこを愛おしそうに彼の指が撫でると、甘い痺れが体を走った。

「も、だめ」

彼を拒もうとするが、声も弱々しく体に力が入らない。反対に志貴は余裕たっぷりだ。

「こっちがいい？」

彼の顔がさらに下りて胸に舌を這わされる。声にならない悲鳴があがり、背中を弓なりに反らすと、水面は大きく揺れて波となり、バスタブの縁に当たって戻ってきた。

「やっ……だ……」

生理的な涙が滲み、こぼれる吐息も熱い。さらには手を使ってもう片方の胸も刺激され、妙な疼きが湧き起こる。苦しくて切ない。

「志、貴」

訴える目で彼を見ると、突然唇を塞がれてしまった。

「んっ、んん……」

このまま流される覚悟をしたら、意外にもあっさり唇は離れた。志貴は私の頭を撫で困惑気味に微笑む。

「悪い。少し調子に乗った」

どっと安堵して、正面から彼に抱きつく。すると志貴は静かに私を抱き留めてくれた。

「あまり長湯させるわけにはいかないな」

ここで先に進めることも可能なはずなのに、彼はそれをしない。

「大好き」

あふれる想いを口にすると、そっと額に口づけられる。

「俺も好きだよ」

言葉通り、誰よりも大事にされている。志貴と結婚できて幸せだと改めて感じた。

ドライヤーの温風を浴びて髪が揺れる。まだ体に熱がこもっているせいで頭が働かず、私はソファに座り志貴にされるがままだった。

骨張った手が心地よくて目を細める。洗われるだけではなく、乾かすまでしてくれるなんて至れり尽くせりだ。それこそ髪を乾かしてもらうなんて子どものとき以来で、照れもあるが今はおとなしく身を任せていたい。

のぼせ気味の原因は志貴にもあるわけだし。

心の中で言い訳していたら、ドライヤーが止まった。志貴がテーブルに置いて、私の髪に指を通す。

「ありがとう」

「本当に切るのか？」

残念そうに呟かれ、私は苦笑した。

「うん。結婚式も終わったし」

背中に届くほど伸ばしていた髪だが、出産前に一度短く切ろうと決めていた。産後はなかなか美容院に行けないし、ゆっくり髪を乾かす暇もおそらくない。

せっかくなので由貴のところで切ってもらおうと話している。私自身、短くするのは久しぶりで、今からちょっとワクワクしている。でも……。

「志貴は長い方が好き？」

まだ私の髪に触れている彼に尋ねた。そういえば志貴の好みを直接聞いたことはない。

「いいや。ただ綺麗な髪だからもったいないと思って」

臆面もなく言えてしまうのが彼らしくて、言われた私の方が照れてしまう。特段、意識してケアしているわけでもないから普通だと思うけれど。

なんだか切るのが惜しい気がしてきた。志貴がそう思ってくれているのなら――。

「でも髪が短い雅も可愛いだろうな。見てみたい気もする」

さらりと続けられ、目を瞬かせる。ややあって小さくため息をついた。まったく。私が志貴のなにげない一言でどれほど振り回されているかなんて彼は絶対にわかっていない。

つい頬を膨らませそうになってやめた。子どもじゃないんだから。

自分でも手櫛で髪を整えていると、ふと私と志貴のスマホが同時に音を立てた。すぐそばに置いていた私は、反射的に手を伸ばして確認する。ある程度、相手は予想ができた。

案の定、送信者は由貴で、今日の結婚式の写真が私と志貴宛に大量に送られてきている。

お色直しは私は姉、志貴は由貴と共に中座し、久しぶりに兄妹四人で写真を撮れた。さらにお色直しの髪型は由貴にセットしてもらい、家族の愛情を改めてたくさん感じる。

姉は夫婦で挙式に参列し、仲睦まじいふたりの姿に私はこっそり胸を撫で下ろしていた。

離婚するかも、と実家に帰ってきていた姉だが、どうやら子どもについて旦那さんとすれ違っていたらしい。由貴のマンションで姉の出自について聞かされたその日の夜、仕事が忙しい旦那さんが、なんとかまとまった休みを取得して実家に姉を迎えに来た。それから久々に夫婦ふたりでゆっくり過ごし、たくさん話したそうだ。

そうやって意見がぶつかったり、たとえケンカしても、ふたりで乗り越えて夫婦の絆は強くなっていくんだなと感じる。

他に親族らしい親族は呼ばなかった。志貴の祖父母は高齢で、母方は母の再婚を反対してたのもあり元々疎遠だったから。

役所で会った伯母は、あれからわざわざ実家までやって来て私と志貴の結婚について母に文句を言ってきたそうだ。これは後から聞いた話で、私自身は直接会わなかったが、伯母の件を両親に伝えていなかったので、困惑させたと申し訳なくなる。

しかし母はきっぱりと私も志貴も自慢の子どもたちだと言い切り、父も強めの態度で、自分たちも子どもたちもなにも悪いことはしていないと告げ、今後一切の付き合いをしないと伝えたらしい。

『あの人はね、私が離婚した挙げ句、家のためにならない結婚をしたのが気に入らないの。雅にまでとばっちりをごめんなさいね』

母に謝ってもらう必要はない。血がつながった家族だからってわかり合えたり、仲良くできるとも限らない。その逆もしかりだ。

ただ、伯母さんとのやりとりを含め、後から事態を知った志貴には心配されつつお説教された。

『つらいことがあったらちゃんと話してくれ。ひとりで抱え込むな』

彼の言い分はもっともで、素直に謝ることにした。もしも逆の立場で志貴がひとりでつらい思いを抱えていたら私も絶対に嫌だ。

そんな事態もあって両親から改めて姉の件で話があり、そのうえで私が結婚するのを実の父親に伝えるかどうか尋ねられた。けれど私にとって父親はひとりだ。今さら実の父親と会いたいとも、近況を知らせて祝ってほしいとも思わない。

そう伝えると、お父さんが目頭を押さえるので改めて私の父親は彼しかいないと思った。血のつながりがなくてもそう思える。

ちなみにコスモス畑で会った竹内さんからは、あの後、志貴に謝罪の連絡があったらしい。

義兄妹だった私たちの関係をあれこれ言う人たちはこれからも絶対にいるだろう。でもきっと大丈夫。あのときは傷ついて揺れたりしていたが、今は志貴としっかり気持ちも通じ合って、理解してくれる人たちもちゃんといるとわかっているから。

送られてきた写真に目を通していると、志貴だけ写っているものもあって、ひそかに微笑む。欲しかった彼の写真をやっと手に入れられた。

「極力、毎日早く帰るようにするから」

ふと志貴が真剣な声色で告げてきたので、私は彼を一度見する。帰るときには必ず連絡をくれるようになったし。

一緒に住むようになって、志貴の過保護さはさらに増した。帰るときには必ず連絡をくれるようになったし。

ありがたいけれど、私のせいで彼に無理をさせたり仕事に支障をきたすのは本意ではない。なかなか大変な立場にいると聞いている。

「そんなに心配しなくても、今のところ体調も悪くないし、お腹の赤ちゃんも元気みたいだから大丈夫だよ」

フォローを入れると、志貴は柔らかく笑って私の頭を撫でた。

「雅が待っていると思うと、早く帰りたくなるんだ。雅の負担を軽くしたいのはもちろん、俺が雅に会いたくて」

歯の浮くような言い回しでも志貴が言うとそれなりに様になってしまうのだから、こちらとしては下手に言い返せずに困惑してしまう。しかも彼にとってはお世辞ではなく本心なので、いちいち身が持たない。

でも、わりと仕事人間だった彼が規則正しく帰宅してくれるようになったら、それはそれで嬉しく思う。

「幸せだな、私」

そっとお腹に手を当てて実感する。志貴がそばにいて、志貴との子どもがここにいるんだ。胎動も感じるようになって、お腹の子への愛しさも募っていく。

前回の健診では性別がわからなかったけれど、次にはわかるかな？　とくに希望はないものの名前も考えないと。ひそかに希望している名前があるので、志貴にも聞いてみよう。

憧れの兄だった存在が、今では私の旦那さまなんだ。

志貴への恋心を諦めようと必死で、でも諦めきれずにずっとつらかった。気持ちをぶつけて一夜を共にした後も、妊娠が発覚してプロポーズしてもらっても、どこかでかすかな不安がついて回っていた。

でも、その一つひとつを全部志貴が取り除いていってくれたから、こうして私はなにも心配せず、彼の隣にいられる。

「俺はとっくに雅に幸せにしてもらっているよ」

志貴の呟きに目を瞬かせると、彼は真っすぐに私を見つめてきた。揺れない瞳が私を捉え、志貴から目が離せない。

「昔から変わらない。だから今度は俺が雅を誰よりも幸せにしてみせる。お腹の子も一緒にずっと守っていくよ。三人で幸せになろう」

目の奥が熱くなり涙と共に気持ちがあふれそうになった。それを必死に耐える。志貴は両手で私の頬を包み、額をこつんと重ねた。

「愛している。これからは俺の妻として、そばにいてほしいんだ」

目で応えると、唇に温もりを感じる。

義理の兄妹の関係を何度も恨んだ。でも志貴に出会えて、彼が兄で私も幸せだった。兄妹としてお互いをよく知っていて共有してきた時間も多いけれど、まだまだ知らない一面がたくさんある。少しずつでいい。兄ではない志貴自身と向き合っていきたい。

結婚して夫婦としての私たちの未来は、今始まったばかりなんだから。

エピローグ

六月の最終日曜日、梅雨入りしたので天気だけが心配だったが、見事に快晴となり逆に暑いくらいの天候となった。

出産してもう一カ月が経ったなんて、なんだか信じられない。しかし私の腕の中にはすやすやと眠る息子がいて、現実を教えてくれる。彼はここにいるんだ。

「お天気になってよかったね、理貴(りき)」

予定日より五日ほど遅れて、私は無事に男の子を出産した。名前は【理貴】。男の子だったら志貴にならってつけたいと思っていて、最終的には志貴と話し合って決めた。生まれたときから髪もふさふさで、この一カ月でまた顔立ちもだいぶはっきりしてきたと思う。こうやってあっという間に成長していくんだろうな。

出産は初産なのもあってなのか、朝方から陣痛らしき痛みが始まったものの生まれたのは夜の九時過ぎで、なかなかの長丁場だった。

志貴は仕事を休み、私を病院に送っていってからもずっとそばにいてくれた。心強く思いながらも、いよいよ生まれるんだと期待と不安がのしかかる。おかげで痛みが強くなる中、初めて経験する陣痛に私はパニックを起こしかけた。意図せず涙があふれたとき、志貴は手をつないで必死に励ましてくれた。

不思議と彼の言葉を聞くと気持ちが落ち着き、わずかに冷静さを取り戻す。ひとりじゃない。お腹の赤ちゃんも頑張っているんだ。

そう考えを切り換えるとお産は一気に進み、ほどなくして理貴は生まれた。産声を聞いたときは、ついさっきまでとはまったく違う涙がこぼれ、安堵感と多幸感に包まれて全身の力が抜けたのをよく覚えている。

私もお母さんになれたんだ。

やっと我が子に会えた嬉しさと元気な姿に胸を撫で下ろす。志貴は何度も私の頭を撫でてお礼を言ってくれた。泣きそうな彼の顔に疲れも吹き飛び、笑顔を返す。

与えられた個室に戻ると、仕事を終えた両親も駆けつけ、さらには由貴も来てくれたので部屋は一気に賑やかになった。労いの言葉をかけてもらいながら、理貴に会えて喜びを爆発させる家族を遠巻きに見つめる。

理貴はここにいる全員と血がつながっているんだ。

言い知れない絆を感じていたら、夜も遅いし疲れているだろうからと両親と由貴はさっさと帰る旨を告げた。本当に一瞬でも顔を見るためだけに来たらしい。

『理貴に会いたかったのはもちろん、雅にも会いたかったんだ。志貴をしっかり頼って、雅はよく休めよ』

帰り際、由貴に告げられ小さく頷く。部屋は家族も泊まれる造りで、志貴は一晩泊まってくれることになった。

体は疲れているのに、興奮が収まらない。あんなに痛かった陣痛も、出産したらすっかり引いていた。

『すごいね。数時間前までお腹にいたなんて信じられない』

小さな可動式の透明のコットに入って、目を閉じている理貴を見つめる。基本、母子同室なのでこれからは彼のお世話も頑張らないと。

『雅、本当にありがとう。お疲れさま』

志貴の優しい表情と声色につい手を伸ばす。彼はそっと握り返してくれた。

『志貴もずっとそばにいてくれてありがとう』

やっとお礼を返す。志貴が思う以上に、彼の存在に救われていた。

『赤ちゃん、可愛い？』

彼の顔を見て、無意識に問いかける。すると志貴は柔らかく微笑んだ。

『可愛いよ。雅との子どもなんだ』

迷いない返事に涙腺が緩みそうになる。

不安がまったくないわけじゃない。それでも志貴がそばにいてくれるなら、理貴も一緒に幸せになれると確信を持てる。

実家でお世話になりながら慣れない育児に奮闘し、早くも一カ月が経過した。先日、理貴の一カ月検診を無事に終え、問題なく育っていると言われて一安心する。

外出の許可も得て、今日は理貴のお宮参りに来ていた。両親はもちろん、由貴や姉の静まで日程を合わせて集まってくれ、家族揃ってお参りができた。

朝から母に着物を着つけてもらい、気が引き締まる。私自身太陽の光をしっかりと浴びるのは久しぶりかもしれない。

理貴は白羽二重の代わりに退院のときに着用したベビードレスを着て、青色の祝着を羽織りお参りに臨んだ。神社では全員で記念撮影をし、志貴と三人での写真もたくさん撮ってもらう。当の理貴はぐずるかと思ったが終始眠たそうにしていて、その間にお宮参り自体は滞りなくできた。

私や理貴の体調を考慮し、お参り自体はさっさと済ませて、今は志貴のマンションに全員集合している。着物を脱いで着慣れた授乳服に着替え一息つき、胸が張って苦しかったので、授乳を済ませる。

産後は実家でお世話になっていたが、今日から私と理貴はここで暮らすので、家族にはその荷物を運んだりベビーベッドを組み立てたりするのを手伝ってもらっていた。両親は今、買い物に出かけている。

「それにしてもちっちゃーい。可愛いー。理貴くん、こんにちは」

姉は理貴とは初対面になるので、会うなりずっとこの調子だ。今もリビングに簡易的に敷いたベビー布団の上で寝かされている理貴をずっと眺めては話しかけている。

理貴はお宮参りのときに眠っていたのと、おっぱいを飲んで満足したらしく、今は目を開けて機嫌もいい。

「雅にそっくり！　目鼻立ちくっきりのイケメンね」

そこらへんは私ではなく、志貴の血筋だと思うんだけれど。

そう返す前に、姉の隣で同じく理貴を覗き込んでいる由貴が口を開く。

「マジでめちゃくちゃ可愛いな。この愛らしさはなんだ？　もしかして実は俺の子なんじゃないか？」

「それだけはありえない」

いつもの調子でふざける由貴に、志貴が律儀にツッコむ。由貴の視線は理貴から志貴に向けられ、彼は不服そうな顔になった。

「なんだよ、俺の愛は本物だぞ。スマホの待ち受け、今は雅と理貴にしているんだ」

「それ、誰かに見られたら、間違いなく誤解されるわね」

わざわざスマホを見せようとする由貴に、間髪をいれず姉が口を挟む。

たしかに。第三者が見たら由貴の妻子だと思うのが普通だ。それをわかっていない由貴ではないだろうが。

「誤解もなにも、聞かれたら〝俺の愛する家族です〟って素直に言うだけさ」

自信満々の回答に苦笑する。

「お店のSNS、炎上しちゃうんじゃないかなぁ」

由貴自身が異性にモテるうえ、ファンとしてのお客さまも多い。それなりに業界では名前も知られているので、そんな真似をしたら確実に事実に尾ひれがつきそうだ。

おそらくわざと言っているので、いちいち指摘はしない。

「百歩譲って理貴はともかく、雅まで写っている写真を待ち受けにするのはやめろ」

ところが志貴だけは低い声で真面目に訴えかける。由貴はやれやれと肩をすくめた。

「しょうがない。兄貴がそこまで言うなら、今日撮った家族三人のに変更してやるよ。ひとりだけ仲間はずれにして悪かったな」

「そういう話じゃない」

由貴は志貴など無視してスマホを操作し始めた。その隣で姉が閃いたという面持ちになる。

「だったら私は、この奇跡的に撮れた笑っている理貴を待ち受けにしよう」

「え、どれ？ 見せて！」

姉の言葉を受け、そばまで寄る。由貴や志貴も静の撮った写真を見るために近づいた。姉のスマホの画面には、偶然にも口角を上げ笑顔に見える理貴の姿が映っている。それを見て、兄妹四人で賑わった。

こうやって大人になってから兄妹四人でまた盛り上がれるなんて夢みたい。

そのとき、目眩に似た感覚でぐらりと視界か揺れ、とっさに志貴に支えられた。

「大丈夫か？」

「う、うん」

久しぶりの外出は想像以上に気を張っていたらしく、疲れが今になって出てきたようだ。

「雅を休ませてくる」

「でも理貴が」

志貴に強引に肩を抱かれるが、理貴を残して行くのはためらわれる。

「静や由貴がいるし、両親もそのうち帰ってくるさ」

志貴の言葉に由貴は大きく頷いた。

「そうそう。理貴は静と見ておくから雅はちょっと休めよ」

「抱っこの仕方も覚えたもの」

姉もにこやかに答えるので、ここは志貴の言う通りふたりに甘える。

「ありがとう。お姉ちゃん、由貴くん。なにかあったらすぐに呼んでね」

お礼を告げ、志貴に付き添われて寝室に向かう。本音を言うと、少しだけ横になりたかった。

「ごめん。思ったより体力が落ちてたみたい」

「無理させたな」

ベッドに横たわる私に、志貴が申し訳なさそうに声をかけてくる。

「ううん。家族で理貴のお宮参りに行けて嬉しかったよ。家族三人の写真もいっぱい撮ってもらえたし、久しぶりに外に出ておしゃれもできたから」

今日の日を無事に迎えられて本当によかった。家族からたくさん愛されている理貴を見て、私も幸せな気持ちでいっぱいだ。

「雅の着物姿、似合っていたよ」

「ありがとう」

すやすやと眠る理貴とは対照的に、久々の着物は緊張した。でも志貴に褒めてもらえて心躍る。逆に理貴を生んでからは、格好に気を使う余裕もなく、化粧もしていなかった。

そう気づいた途端、舞い上がった気持ちが急降下していく。

「し、志貴は戻っていいよ。私は大丈夫だから」

慌てて話を変えて志貴を促す。ところが彼はわずかに眉をひそめた。

「理貴には由貴と静がついている。俺は今、雅のそばにいたいんだ」

きっぱりと言い切る彼に目を瞠る。

「迷惑か？」

不安げに問いかけられ、私は大きく首を横に振った。続けて彼を求めて手を伸ばす。

私がなにを望んでいるのか悟った志貴は、そっとこちらに身を寄せて、私に引かれるままベッドに入ってきた。甘えるように彼に抱きつくと、志貴も優しく抱きしめてくれる。

「私、母親になったけれど、こうして志貴に甘えてもいいんだよね？」

ぽつりと呟くと、志貴は回している腕に力を込めた。

「もちろん。俺はいつだって雅を甘やかしたいし大切に思っているよ」

ふっと肩の力が抜けて志貴の胸に顔をうずめる。志貴は応えるように優しく私の頭を撫でた。

「雅が理貴を誰よりも大事にしているのはわかっている。俺も同じだ。でもひとりで抱え込まなくていい。母親になって夫婦になって……だからこそ、俺にはこうして甘えて頼ってほしいんだ」

志貴の言葉にじんわりと涙が浮かぶ。

理貴を生むまで、自分の子どもがこんなにも愛しい存在だと思わなかった。その一方で、無意識に母親としてのプレッシャーを感じて、不安に押し潰されそうになるときもある。志貴には全部、お見通しなんだ。

そっと顔を上げると、額にキスが落とされる。

「いつもありがとう。これからもずっと雅を愛している」

ああ、そうか。理貴を愛する気持ちは、自分の子どもだという事実以上に、誰よりも大好きな志貴の子どもでもあるからなんだ。

彼が私にたくさんの愛を注いでくれるから、私も理貴や志貴を愛しく思う。大事にしたいの。

「ありがとう。私はね、結婚して夫婦になってますます志貴を好きになっているよ」

昔から彼を慕う気持ちは変わらない。でもそれ以上に、志貴に対する想いは膨らんでいくばかりだ。

私の告白に志貴は目を細める。ねだるようにじっと彼を見つめたら、ゆるやかに顔を近づけられた。甘いキスに身を委ねる。

ふたりきりで口づけを交わすのは久しぶりかもしれない。

「もう少しだけ、このままでいて。今だけでも志貴を独占していたいの」

思い切って素直に希望を口にすると再び唇を重ねられる。

「それは俺のセリフなんだ」

どんなふうに関係が変わっても、私はこの先もきっと志貴に甘やかされて愛されるんだろうな。

彼の温もりに心が満たされ、幸せを感じながら私は静かに目を閉じた。

【番外編】変わる関係と変わらない想い【志貴Side】

仕事帰りに花屋に寄って予約していた小さな花束を受け取る。昼間は雲の位置が高く、澄み渡った空が綺麗な典型的な秋空だった。しかし日が落ちると気温も一気に下がる。星が輝いているのをちらりと確認し、再び車に乗り込んだ。助手席に花束をそっと置き、今から帰る旨のメッセージを送る。

なにげなくアルバムのフォルダを開けると、最近撮影した写真が一気に小さく表示される。この一年でずいぶんと写真を撮るようになった。写っているのはだいたい同じ人物ばかりだ。下にスクロールし過去にさかのぼっていく。そして初期の頃に撮ったある写真をタップした。

そこにはコスモスを笑顔で眺めている雅が写っている。ちょうど一年ほど前、兄妹ではなく、恋人として初めてデートしたときに撮ったものだ。

自然と笑みがこぼれ写真を見つめていたら、メッセージの通知が画面に表示された。

【わかった。気をつけて帰ってきてね！】

送り主は妻となった雅で、俺はスマホをしまい家路へ急いだ。

まさか雅と結婚するとは、彼女と出会ったときにまったく想像もしていなかった。むしろ、していたらまずいだろう。最初から義理の兄妹となる相手としてお互い紹介されたのだ。

『父さん、実はな……再婚を考えている相手がいるんだ』

そう父が告げてきたのを今でもありありと覚えている。

※　※　※

俺の実の母親は、由貴が生まれてしばらくしてから育児ノイローゼになり、子どもたちを置いてひとり実家に帰ったらしい。

おかげで父は仕事をしながら幼い俺と由貴をひとりで見なければならない事態となり、必然的に俺たちは父の実家に移り住んだ。当時の記憶も心境もほぼ覚えていないが、父によると実の母親がいなくなり、俺はかなり情緒不安定になったんだとか。

父は何度も母の実家に足を運び、母と向き合って話し合いなどを進めてきたが最終的には離婚する流れになった。親権について母はあっさり手放したそうだ。

いいのか悪いのか、由貴はもちろん俺も実の母親についてはほぼ覚えていない。それから父は仕事をセーブし、祖父母の助けを借りながら俺たちを育ててくれた。

　そんな父がある女性との再婚の意志を俺たち兄弟に伝えたのは、俺が小学四年生の頃だ。よく聞くと相手にも娘がふたりいるらしい。

　由貴は母や妹ができるのを純粋に喜んだが、正直言って俺は内心複雑だった。新しい家族ができるのを手放しに喜べるほど幼くはなく、逆に割り切って父におめでとうと言えるほど大人でもない。

　けれど年齢の割に妙に大人びていた俺は、けっして不満を口にはしなかった。そうして父の再婚相手とその娘たちに会う日がやってくる。

「酒井(さかい)皐(さつき)です。こっちは娘の静と雅。よろしくね」

　父から紹介された女性は、綺麗で優しそうな雰囲気だった。娘は五歳と三歳と幼く、可愛いと思う前に小さい子どもに慣れていない俺は正直戸惑った。逆に由貴はすぐに可愛がり始め、なんとも言えない気持ちになる。

　静や雅に気さくに話しかける由貴を見ながら、大人たちは最年長である俺に一番気を使っているのがありありと伝わってきて、なんとも言えない居心地の悪さを感じた。

　もしかすると俺がいない方がうまくいくんじゃないか？

　ふと、そんな考えが過ぎったときだった。隣からシャツの裾を引っ張られ、目を丸くする。自分よりはるかに背の低い雅が、精いっぱい顔を上げてこちらを見ていたのだ。

「あの」

なにか言いたそうにしている雅に、俺はひとまず父の真似をして腰を落として視線を向ける。けれど自分からなんて声をかけていいのかわからない。

雅はしばし言うのを迷っている素振りを見せた後、俺の目を見て笑った。

「さかい、みやびです」

自分の名前を懸命に告げてくる。何度も言っているのか、どこか慣れている感じもあって、言い終えた彼女の誇らしげな表情につい噴き出しそうになった。おかげで少しだけ余裕が生まれる。

「それ、好きなの？」

「うん、くまちゃん！」

彼女が大事そうに持っているぬいぐるみについて指摘すると雅は笑顔で見せてきた。

「お兄ちゃんは？」

〝お兄ちゃん〟の言い方にわずかに動揺し目を瞬かせる。しかし雅は首を傾げた。

「お兄ちゃんのお名前は？」

どうやら兄ではなく、年上の男性を指して言っているらしい。さらにはこんな小さい子に名乗らせておいて、自分の名前は直接言っていなかったと慌てる。

「佐生志貴だよ」

「し、き？」

極力、ゆっくり伝えたが、耳慣れない名前だからか雅は不思議そうな顔になった。

「うん。でもお兄ちゃんが言いやすいならそっちでもいいよ」

なにかを意図したわけじゃない。自然とそう告げたら、雅の顔がぱっと明るくなる。

「じゃあ、お兄ちゃん！　こっち。あのね、お姉ちゃんもくまちゃん持っているの！」

そう言って雅は俺の手を引いて家族の元へ連れて行く。気づけば一歩引いていたはずなのに、雅のおかげで俺は輪の中に加わって皐さんや静とも話せた。

何度かお互いの子どもたちを含めた交流は続き、会うたびに雅は俺を『お兄ちゃん』と呼んでくっついてきてくれた。

皐さんは『迷惑だったら言ってね』と心配していたが、むしろ俺は嬉しかった。実の母親に見捨てられ、父が再婚を伝えてきたときも俺がいなければいいんじゃないのかと、自分の存在が肯定的に捉えられなかった。そんな俺を雅が必要としてくれて本当に救われたんだ。

こうして父と皐さんは籍を入れ、俺たちは正式な家族となった。

けれど、今まで他人同士だった人間がすぐに家族になれるわけじゃない。一緒に暮らし始めてから、妙な気遣いや遠慮などが抜けず、よそよそしい空気は拭えなかった。

それが一変したのは、家族でコスモス畑を見に行ったときだ。必要以上に張り切る父、とくに俺に気を使う皐さん、静は機嫌が悪いらしくむくれていて、由貴はどこか空元気。いざ会場についてもそれは変わらなかった。

「雅!?」

ところが雅が皐さんの手を払い、大勢の来場者の中にまぎれ迷子になったのだ。泣き出しそうな皐さんを父が落ち着かせ、子どもたちにも不安が伝わる。

拗ねていた静も雅を心配し、そんな静を由貴が慰め、ひとまず本部へ知らせるのと、会場の外に出ないよう入口のところで待機するのを決めた。

「俺が探してくる!」

落ち合う場所が決まるや否や、気づけば俺はそう叫んで人ごみの中に走っていく。

ひとりで不安になって泣いているかもしれない。転んで怪我をしたり、下手すれば誘拐の可能性もある。

人波をかき分け、視線を下げて雅を探す。ややあって、かすかに彼女が着ていた気がする赤のパーカーが目に入った。

「雅」

離れてしまわないよう名前を呼ぶ。すると人の流れに逆らって、その存在はピタリと足を止めた。さらに近づき彼女を視界に捉えた瞬間、きょろきょろと辺りを見渡していた雅と目が合った。

「お兄ちゃん！」

一目散にこちらに走ってきた雅を抱き留める。全身の力が抜けそうなほどの安堵感に包まれ、乱れた呼吸を整えながら雅を力強く抱きしめた。

「ひとりで勝手に行ったらだめだろ」

「ごめんなさい」

素直に謝り、雅は泣き出す。ひとりでいてどれほど不安だったのか。ひとまず他の家族に無事を伝えようと雅の手を引いて移動する。

なんだか不思議だった。血のつながっていない赤の他人の女の子のために必死になっている自分が。付き合いが長いわけでも、そこまで一緒にいたわけでもない。

でも今、自分の手をぎゅっと握る雅は、俺を必要としてくれている。離れまいと必死で小さい手のひらに力を入れている。

俺が守ってやらないと。これからは兄として。

雅が無事に戻ってきて皐さんは涙し、静も雅を抱きしめた。みんなホッとして初めて家族の連帯感が生まれた気がする。

そうやって一番幼い雅を中心に家族ができあがっていった。

ところが、六人で暮らし出して、俺は妙な違和感を抱き始める。父の再婚相手である皐さんに対してだ。

明るくて朗らかで意外と肝が据わっていて、父にはっきりと意見する。俺や由貴にもよくしてくれていた。

「志貴くん、牛乳飲めるの？」

「はい」

朝食のときになんでもないかのように尋ねられ、俺は素直に答えた。牛乳を飲めないと言った覚えはない。

「雅、牛乳やだ」

コップに入っている牛乳に口をつけず、雅が眉をハの字して唇を尖らせている。

「雅もお兄ちゃんを見習って少しでもいいから飲みなさい」

皐さんにたしなめられ、雅は俺の方に視線を寄越した。

「お兄ちゃん」

あからさまに助けを求める声に苦笑する。代わりに飲んでやりたいが、そういうわけにもいかない。

「雅、頑張れ」

頭を撫でて励まし、ふと思い出す。そういえば俺は幼い頃、今の雅みたいに牛乳が嫌いで頑なに飲まなかったらしい。さっきの皐さんからの質問は、その話を父から聞いていたからなのだろうか。だとしたら今は飲めるのも父は伝えているだろう。

そのときは気にも留めなかったが、皐さんとのこうしたやりとりは一度だけではなかった。

由貴が一歳のときに熱を出して夜間の救急センターに駆け込んだ話を知っていたり、俺たち兄弟が保育園のときに好きだった戦隊ヒーローものを懐かしそうにしたりと、父から聞いただけにしては細かすぎる内容に引っかかりを覚える。

そういった気のせいでは片付けられない積み重ねが残っていって、ふたりが再婚して二年経ったある晩、俺は他の兄妹が寝静まった後に思い切って父に尋ねた。

「父さん」

「どうした？」

一瞬、どう聞けばいいのか迷ったが、自分の勘を信じて質問する。

「あの、勘違いかもしれないけれど皐さんって父さんと結婚する前に俺や由貴とどこかで会ったことある？」

否定されるか、実はこのときにと返されるのを予想したが、父の反応はどちらでもなかった。大きく目を瞠り、一瞬だけ視線を彷徨わせる。

そしてしばらく迷った後、大きくため息をついた。一体なんなのか。不安に駆られていたら父は皐さんを呼びに行き、俺はふたりから真実を聞かされた。

実は父と皐さんは以前交際していて、当時シングルファザーと付き合っていた彼女と俺たち兄弟は何度か会っていたらしい。でも、幼すぎて俺も由貴もほぼ覚えていなかった。

だから彼女は俺が牛乳を飲めるのかと聞いてきたのを始め、俺たち兄弟の幼い頃の出来事をいくつか知っていたのか。

さらに静は実は父の子だと伝えられ、衝撃が隠せない。皐さんの実家によりふたりは別れさせられ、皐さんは別の男性と結婚した。その際に妊娠していて、相手が了承のうえで静はその男性の子として生み育てたそうだ。つまり俺たち兄弟と静は血がつながっていて、他人なのは雅だけになる。

来年には中学生になるとはいえ、子どもが知るには重い真実だった。足元がふらつきそうになるのをぐっと堪える。父も皐さんも、伝える機会については話し合っていたらしい。

俺でも受け止め切れていないのだから、当の本人である静はまだ状況を理解するのすら難しいだろう。

「もう少し、大きくなってからとは思うんだけれど……。せめて今の志貴くんくらいになってから」

「あの、できたらその話、言うのをもっと待ってもらえませんか？」

苦々しく告げる皐さんに俺は言い切る。父と皐さんは互いに顔を見合わせた。

「いえ、あの……。もっと家族としてのまとまりや信頼関係ができてからでもいいのかなって。それに……」

浮かんだのは、雅の顔だった。雅はどう思うんだろうか？　静本人はもちろん、雅ひとり兄姉や父と血がつながらないと知ったら……。

『お父さん、お兄ちゃん』

あの無垢な笑顔が曇るかもしれない。血のつながりとかまだよくわかっていないとはいえ、赤の他人だった俺たちを家族として受け入れ、必要としてくれている。雅を悲しませたくない。

「もちろん静や由貴や雅にいつ伝えるのかは父さんたちに任すよ。ただ、できればそんなすぐじゃなくても……」

それこそ大人になってからでもいいんじゃないか。

父や皐さんは俺の動揺ぶりを見ていろいろ思うところがあったらしい。早く伝えるべきだと思いながらも、結局ふたりが静に事実を告げたのは、今の俺よりも年齢を重ねた中学生の頃だった。

由貴や静はもちろん、俺は七つ年下の雅を一番可愛がった。とにかく自分を慕ってなにかと後を追いかけてくる彼女が愛らしくてたまらない。もちろん妹としてであって、異性として見る機会などずっと訪れなかった。

雅が小学校に入学した際、クラスメートに父や俺たち兄弟と血がつながっていないのをからかわれ、すごく落ち込んでいるのを目の当たりにした。そのときも懸命に励まして、俺も由貴も父も雅が大好きだと伝える。

「本当のお父さんやお兄ちゃんじゃなくても?」

「もちろん。なら雅は父さんや俺や由貴が本物じゃないから好きじゃないのか?」

逆に問いかけると、雅は大きく首を横に振った。

「お父さんもお兄ちゃんも、由貴くんも大好きだよ。お母さんと、お姉ちゃんも！」

つまり全員、雅にとっては大事な家族なんだ。

「俺たちも雅がみんな大好きだよ」

なんとか明るさを取り戻した雅に安心する。俺自身は中学生になり、周囲や新しくできた友人にはあえてステップファミリーだとは告げず、四人兄妹だと話していた。

「佐生は妹のことめちゃくちゃ可愛がっているよな」

「でも俺もそれだけ年の離れた妹か弟がいたら絶対に溺愛すると思うわ」

友人にからかわれつつ妹や家族が大事なスタンスは変わらない。ステップファミリーだから、逆に反抗期らしい反抗期もなかった。高校生になっても一緒だ。幾度となく告白され、それなりに彼女もできたりしたが、家族を優先するのが関係してなのかは不明だが、あまり長続きはしなかった。

家族仲は相変わらずよく、皐さんと父の結婚記念日に外で食事をするのも恒例行事となった。

それがすべて崩れたのは、静からの告白だった。地元の国立大学に進学した俺は実家から通っていたが、ある日静から話があると部屋に呼び出されたのだ。

「お父さん、お母さんから聞いたの。私はお父さんの本当の子で志貴や由貴と血がつながっているんだって」

神妙な面持ちで切り出されたのは、彼女の出自についてだった。どうやら父と皐さんがついに打ち明けたらしい。彼女の動揺はもっともだ。おそらく俺が先に知っていたのをふたりから聞いたのだろう。

静を慰めようとすると、彼女は勢いよくこちらに詰め寄ってきた。

「なんでもっと早く教えてくれなかったの！　なんで……私は……志貴が好きなのに」

静の言葉に息を呑む。あまりにも予想していなかった事態に、正直狼狽えた。自分はそこまで鈍い人間ではないと思うが、彼女から好意らしい好意を寄せられている実感がまったくなかったのだ。雅ほど自分を兄として慕ってくれているわけでもないが、とくに仲がいいわけでも悪いわけでもない。

だからにわかに静の言い分が信じられなかった。

「だから今さら兄妹とか無理よ。志貴は事実を知っていたからいいかもしれないけれど！」

「ちょっと落ち着け」

激昂して責め立ててくる彼女がなんとか冷静になるよう諭す。

「兄妹なんだから、無理なんだ。結ばれるわけがない。諦めるしかないんだよ」

ひとまず彼女の気持ちは受け取れない。たとえ血がつながっていなかったとしても静は俺にとってはあくまでも妹で、異性として見られるわけがない。

しかし俺の言い分は火に油だった。

「なんで？　そんなの知らない。好きで兄妹になったんじゃない。お父さんとお母さんが勝手なだけで……」

捲し立てながら静の目には涙が浮かんでいる。彼女にとって今まで信じていたアイデンティティが、すべてひっくり返ったのだ。気も動転している。

「静」

「どうして好きになっちゃいけないの？　兄妹だから諦めるなんてできない」

同情か罪悪感か。気持ちに応えられなくてもここで彼女を突き放す真似はできなかった。静が俺の妹であることには変わらない。

「それでも無理なんだ。どうしようもないんだよ、俺たちの関係は」

静を抱きしめて、そっと言い聞かせる。

好きっていつから？　俺がもっと早くに静の気持ちに気づいていたら、こうはならなかったのか？

それ以前に、父や皐さんに事実を伝えるのを先延ばしにするよう頼んでしまったが、もっと早く彼女に言うべきだったのか。

なにが正解なのかわからない。

この日を境に、家族の雰囲気はギスギスしたものになった。静だけではなく由貴にも事実を伝えられ、それぞれに複雑な思いを抱く。

両親も静の態度に思うところがあるので、強くは出られない。

どうしてこうなったのか。俺が余計なことを言ったからなのか？　兄として接していたのに、どこか静に期待を持たせるような真似をしたのか？

悔やみつつもこの空気はどうにもならない。

「お姉ちゃんって球技大会どのチーム？　私、緑なんだ」

「残念。私、黄色よ」

ただ雅だけが変わらずに振る舞い、静も雅に対してはいつも通りだった。

雅自身どこか元気がない感じを受けるが、この家族の微妙な距離感に思うところがあるのかもしれない。それでも彼女は由貴や俺にも話しかけ、両親も労わる。いつだって雅がこうしてなんとか家族をつないでくれていたのを思い出した。

社会人になった俺は、家を出てひとり暮らしを始める。実家から職場まで通えなくはないのだが、静と物理的に距離を取った方がいいだろうと判断したからだ。なにより俺の存在が実家の空気を悪くしている実感もある。実際、仕事が忙しいのもあり、おかげで実家に顔を出す機会も減っていく。

『ね、私のなにがだめなの？　私は志貴を必要としているのに』

ふと別れた彼女に言われた言葉を思い出す。ないがしろにした覚えも、誠実さを欠いた真似もしていない。

付き合ったら自分なりに大事にしているつもりなのに、ほぼ毎回、最後は別れを切り出される。それが彼女の望みならしょうがないと、その際だって相手の意思を尊重しているのに……。

そういえば自分から誰かを必要として、付き合おうと思ったことはなかった。誰でもいいわけではないが、常に相手からの告白で付き合いを決めてきた。だから相手が求めるほどのめり込めないのか。

実の母親にも見捨てられ、せっかく築き上げてきた今の家族も俺が原因でバラバラになりかけている。ずっと自分に対する嫌悪感が拭えない。

「お兄ちゃん、なんか元気ない？　大丈夫？」

実家に用事があり、久しぶりに立ち寄って帰ろうとしたときだった。普段通りにしていたつもりだが、雅の問いかけに虚を衝かれる。

「大丈夫、心配ないよ」

そこまで顔に出ていたのか。すぐに取り繕ったが雅は納得していない面持ちで続けた。

「お兄ちゃんは悪くないよ。詳しい事情はわからないけれど、これだけは言える。どんなことがあっても私はお兄ちゃんの味方だから！」

雅の口から飛び出したのは、あまりにも今の自分には突き刺さる内容だった。それは俺のセリフだよ、といつもならそつなく返すが、柄にもなく心が揺れる。

俺の後を追いかけてはよく笑う小さな存在は、いつの間にこんなふうに逞しくなったのか。泣き虫で甘えん坊で、いつまでも庇護する対象だと思っていたのに、こうして自分が励まされる側になるなんて……。

違う。昔から雅が全幅の信頼を寄せてずっと俺を必要としてくれていたから、俺は自分を肯定して、ここにいてもいいんだって思えた。救われていた。いつだって雅を必要としていたのは、本当は俺の方なんだ。

「ありがとう、雅」

あふれそうになる想いを噛みしめ、なんとなく流れで頭を撫でる。しかしその手は反射的に払いのけられた。

「もう高校生だし、子ども扱いやめて」

ふいっとそっぽを向く雅に目を丸くする。

気づけば幼かった雅は高校生となり、中学校に続いてセーラー服姿ではあるが、ふとした瞬間に大人びた顔をするようになった。いつまでも兄を必要とする年齢でもない。

けれど俺は、雅の視線を戻すように頬に触れた。

「いいだろ。俺にとって雅はいつまでも大事な妹なんだ」

この大義名分はお互いにいつまで通じるのだろう。年の離れた、ましてや血のつながらない兄など、年頃になった雅には鬱陶しいだけなのかもしれない。

それこそ高校生になったら彼氏くらいできてもおかしくない。それを想像すると妙な苛立ちを覚えた。自分だって高校の頃にはそれなりに告白され、彼女もいた。俺が雅に対してとやかく言う権利はない。

ひとまず雅に別れを告げ、車に乗り込みながら考える。

だいたい、いつならいいんだ？　大学生になったら？　成人したら？　どんな相手なら素直に応援できるのか。

あれこれ思考を巡らせるが、答えが出ない。正確には出すのを放棄した。考えたくもない、雅が他の男のものになる未来を。

そこでふと我に返る。どういう立場でいるんだ、俺は。昔から雅を人一倍可愛がっている自覚はあったが、これはどう考えても肉親としての度を超えている。

しばらく葛藤した後、前髪を掻き上げて大きくため息をついた。

この気持ちをなんて表現したらいいのかわからない。今まで付き合ってきた彼女たちに対する想いとも異なる。ただ、雅を誰にも渡したくない。

いつまでも俺だけを追いかけてほしいと思うのは勝手なのか。雅が誰よりも俺を必要としてくれるのなら、抱きしめてもう二度と離さないのに。

妹として見ていたはずが、さっきの出来事で彼女が対等な立場だと認識すると、急に強欲になる自分に驚く。

とはいえ今までずっと仲のいい兄妹としてやってきた。雅だって俺を兄としか見ていないだろう。どちらかというと、弟の由貴との方が彼女はなんでも言い合ってリラックスしている印象さえ受ける。

複雑な想いを抱きつつひとまずは今まで通りの関係を続けていこうと決意する。

自分の今の気持ちだって変わるかもしれないし、後から勘違いだと思えるかもしれない。今、精神的に弱っているのもある。

一方で、そういった俺に気づいて帰り際にわざわざ声をかけてくれたのが雅だけなのだと気づくと、ますます抜け出せなくなりそうだった。

案の定、雅にとっていい兄でいると誓いながら、会うたびに綺麗になっていく彼女に戸惑いが隠せなかった。

雅が大学を卒業して就職してからは、さらに会う回数が減った。それでも声をかけると彼女は予定を空けて、ふたりで出かけたり食事を楽しんだりする。雅の仕事の悩みや愚痴を聞いて励ますのがいつものパターンだ。

そこで彼女の口から恋人の存在について語られる機会はなかった。けれど、姉の静が結婚したからか、雅はよく『恋人が欲しい』『早く結婚したい』と繰り返している。

もしかするとふたりで会ったりする相手や、想い人くらいはいるのかもしれない。

異性の兄弟にそこまで話したりはしないのだろう。逆にこちらから踏み込んでもいいのか迷う話題だ。

「お兄ちゃんは……その、恋人とかいるの？」

だから両親の結婚記念日に雅を迎えに行った際、彼女から逆に質問されわずかに動揺した。

「俺より雅はどうなんだ？　付き合っているやつはいないのか？」

「あいにく、そういった浮いた話はひとつもないの」

極力なんでもないかのように尋ね返すと、雅は唇を尖らせあっさり否定する。

身内贔屓を含めても、雅の見た目や性格からまったく異性と縁がなさそうだとも思えない。奥二重のやや垂れた目は愛らしくて愛嬌たっぷりで、笑うとえくぼができるのは昔からだ。そういった雅の魅力ならいくらでも挙げられる。ずっとそばにいて見守ってきたんだ。

「どうする？　私がお兄ちゃんから見て、ろくでもない男性を結婚相手として連れて来たら？」

からかい交じりに問いかけられたが、わずかな痛みを覚えつつ真剣に答える。

「反対する」

前を向いたまま俺は続けた。

「たとえ雅に嫌われても反対する。雅を幸せにできない男に、雅を渡したりしない」

本当は俺以外の男に、だ。でもそれを伝える日が来るのか。

「お、お兄ちゃん。父親じゃないんだから。そんなこと言ったら私、いつまでも結婚できないよ」

雅の言い分に軽く息を吐く。父親と同じような立場として言っているのなら、どんなに楽か。

そういえば、雅は社会人になってから服装の傾向が変わった。どちらかというと可愛らしい格好を好んでいたと記憶しているが、大人っぽい雰囲気の服を選ぶようになったと思う。誰かの影響か、好みの変化か。

そうやってどんどん俺の知らない雅になっていくのが、どこかもどかしい。けれどこの関係を自分から壊すのは、雅に対する裏切りのようにも思えて踏み越えるのが正しいのか、正しくないのか答えが出せないままでいる。静の件もある。

静とはあのとき以来、気まずいままだったが、大学で好きな相手ができて結婚すると聞いたときは、少しだけ許された気持ちになった。

罪悪感が完全に消えたわけではないが、どうか幸せになってほしいと兄として心の底から願う。

一方で同じ兄の立場にもかかわらず、親しげにしている雅と由貴を見るとつい不機嫌さを隠せなくなる。今回はさらに由貴の口から〝結婚〟まで飛び出し、柄にもなく真面目に牽制してしまった。由貴の性格も理解しているし、雅も冗談として受け取っているのに、どうして第三者の俺がこうも熱くなっているのか。

血のつながりがないと意識させられたのも大きく、そもそも俺自身が兄妹だと割り切れていないんだ。過保護な兄として雅にあきれられるか、嫌悪されるのか。どっちみち、いつまでもいい兄ではいられないと実感する。

不安定な兄妹の均衡を崩したのは、意外にも雅からだった。

出張を控えてバタバタとしていたとき、なんの連絡もなしに雅は俺のマンションにやって来た。様子がおかしいのはあきらかで、その前に雨に打たれてびしょ濡れになっている雅をバスルームへ連れて行く。久しぶりに彼女を抱き上げ、幼い頃とはまた違う感触にわずかに動揺した。

自分が今、どれほど無防備な状態でいるのか雅はきっと理解していない。兄妹だから当然か。兄として気を許して頼ってもらえているのだと自分を納得させる。しかしあまりにも意識されていないので、つい反発心が芽生えた。

「早くしないと脱がすぞ」

「……うん。って言ったら脱がしてくれるの？」

てっきり慌てて拒否するのかと思ったら、雅はものともしなかった。これには面食らい、葛藤しつつおとなしく引く。

やはり雅にとって俺は異性ではなくどこまでいっても兄なのだろう。そもそも兄妹とはいえ血のつながりがない男の部屋にひとりでやって来るくらいだ。

雅の服が乾くまで、ふたりでゆったりとした時間を過ごす。隙だらけの雅にわずかに邪な心が働きそうになるが、ぐっと堪えた。

そして送っていく段になり、雅の口から今日男と会っていたと聞かされ、内心で冷静さを失う。雅の様子がおかしいのは、その男が原因だとしか考えられないからだ。

問い詰めても、雅はその男を庇って言葉を濁す一方だった。

「付き合っているのか?」

思わず尋ねたが、なぜか雅から返ってきたのは俺に対する質問だった。なにを勘違いしたのか、同僚とのやりとりを手短に説明する。もちろんこの部屋に入れていないことも。

ところがそれを聞いて、雅はなぜか泣き出しそうな顔になった。

「なんで私はいいの?」

彼女の質問の意図が読めない。どういう答えを期待しているのか。なんて言ってやるべきなのか。

「なんでって雅は俺の」

「私は、お兄ちゃんみたいになれないの！」

発言を遮るように雅は俺に抱きついてきて叫んだ。その声は怒りというより悲しさに満ちている。状況が飲み込めずにいたら雅はぽつぽつと続けていった。

「でも私……どんなに頑張ってもお兄ちゃん以外の人を好きになれない」

耳を疑いそうになった瞬間、そっと顔を上げた雅と目が合う。

「無理なの……。だから責任取って」

懇願めいた瞳は揺れていて、一瞬ためらったのち雅に口づけた。今の雅は普通じゃない。一時の気の迷いや、長年そばにいた異性相手に気持ちを錯覚しているだけの可能性だってある。

冷静な自分が訴えかけてくるが、自分の想いを止められなかった。雅を傷つける真似だけはしたくない。そこでタイミングよく皐さんから電話があり、お互い平静を取り戻す。ここで引くべきか、進んでもかまわないのか。改めて雅と向き合い、彼女の意思を確認する。

「いい。私が望むものは……ずっと前からひとつだけなの」

雅の言葉で、抑えていた感情があふれ出す。彼女が俺を必要としてくれたように俺もずっと前から雅が欲しかった。誰よりも大切で大事に想っているんだ。

キスさえ初めてだと告白され、わずかにためらう。しかし戸惑いながらも俺を受け入れようとする雅が愛しくて、嫌がる素振りを見せたらすぐにやめるよう自分に言い聞かせ、先を進めた。

「……志貴」

ぎこちなく名前を呼ばれ、気持ちが昂る。今、目の前にいるのは妹ではなくひとりの女性で俺が誰よりも求めている相手だった。

触れるたびに素直に反応する雅が可愛らしく、徐々に余裕がなくなっていく。彼女のこんな切なげな声も表情も初めてだ。

これを知るのは俺だけでいい。今までもこれから先も、自分のものだけでいてほしい。

ここまで独占欲が強かったのかと驚きつつ、雅の仕草ひとつに煽られ気づけば俺の方が溺れていた。

やっと彼女を手に入れられた。そう思って安堵したのも束の間、目が覚めたら雅は姿を消していた。慌てて電話すると、ひとりで帰宅した旨を告げられる。

『あのね……。昨日、その……あんなことになったけれど……でも、だからって志貴にどうにかしてほしいわけじゃないから』

「は？」

続けて雅の口から伝えられた内容に正直耳を疑った。思いを通わせ合ったにしては、あまりにも予想していないものだったからだ。

彼女は昨晩の出来事をどう思っているのか。少なくとも俺は、中途半端な気持ちで雅を抱いたわけじゃない。誤解させるなにかがあったのか？

『私、ちょっと暴走しておかしかったのかもしれない。迷惑かけてごめんね』

ところが俺の動揺などおかまいなく、雅はさらに早口で捲し立てる。

雅が謝る必要はまったくないし、迷惑だと感じているわけがない。自分の気持ちを含め、改めて伝えようとしたがふと思い留まった。

雅の言い方はまるで……。

『……後悔、しているのか？』

聞かずにはいられなかった。俺の想いは関係なく、雅自身がなかったことにしてほしいのか。その可能性を考えていなかったわけじゃない。

結局、雅が答える前に皐さんに電話は代わられ、俺はそのまま出張に行くことになった。

切り換えて仕事に没頭しようとするが、雅との一件がずっと頭から離れず、そんな自分につい苛立つ。いい大人がここまで振り回されてどうするんだ。

けれど、どうしようもなく雅の顔が見たくて、会って話がしたくなる。声が聞きたくてたまらない。こんなにも雅は特別なんだ。

離れている間に改めて自分の想いの深さを自覚して、帰国の日を迎える。会いたいと連絡したら、雅はすぐに返事をくれた。彼女も俺と話さなければと思っているのだろう。

もしも雅から、あの夜のすべてをなかったことにしてほしいと言われたら、応じるしかない。責める真似はできないし、するつもりもない。

どんな形でも雅が一番大切なのは変わりないんだ。静との過去もある。再び彼女が兄妹としての関係を築くのを臨むのなら、俺が折り合いをつけるしかないんだ。

マンションにやって来た雅を、極力いつも通り迎えるが、あれこれ思う前に顔色の悪さが気になる。思い詰めた表情は、俺との関係を悩ませたからなのか。

指摘すると、雅はあからさまに狼狽えた。こうなるとなにを言われてもかまわないから雅の本音を言ってほしいと思う。

「妊、娠……したの」

優しく促すと、雅は消え入りそうな声で告げてきた。あれこれ想定はしていたものの、まさかの告白に目を瞠る。

気をつけていたつもりだったが、あのときの俺は彼女に溺れて熱に浮かされていた。

「その、志貴との」

やっとここに来て雅が不安そうにしていた理由がわかった。今日だけじゃない、おそらく長い間ひとりで悩んでいたのだろう。

「わ、私は」

なにも気づいてやれなかった自分を責めつつ雅を抱きしめる。

「雅、結婚しよう」

迷いやためらいは微塵もなかった。責任やそういったものじゃない。

信じられないという面持ちの雅に、最後は結婚を承諾させる。

『いい。私が望むものは……ずっと前からひとつだけなの』

あの言葉が雅の本心なら、冗談ではなく俺は彼女のためになんだってできる。それほどの強い気持ちがあった。雅も、お腹の子もずっとそばで守っていく。

今までは兄として、これからはひとりの男として。誰よりも雅を愛しているんだ。

※　※　※

花束をわざとうしろ手に持ち、玄関のドアを開ける。そのタイミングでリビングから飛び出してきた雅と目が合った。雅はすぐさま人差し指を立て口の前に持っていく。

「おかえりなさい。ちょっと早いけれど理貴、寝ちゃったの」

小声で事情を説明する雅に苦笑し、俺は靴を脱いで彼女に近づいた。どうやらそれを伝えるために、俺が帰ってくるのを今か今かと待っていたらしい。

夫婦で話し合い、雅の希望もあって子どもは理貴と名付けた。もうすぐ五カ月になり、最近は体を揺らして寝返りに挑戦しようとするので、成長を見守りたい反面、気が気ではない。本当にあっという間だ。生まれたのがつい先日のようにさえ思う。

予定日より五日ほど過ぎてから陣痛がきて、十二時間と長丁場だったが俺もなんとか立ち会い、雅は無事に男の子を出産した。あのときの感動や雅に対する尊敬にも似た感謝の気持ちはきっと一生消えない。

「外に出て疲れたんだな」

俺の反応に雅は目を丸くした。

「どうしてわかったの？」

「昼間、天気が良かったから、雅ならきっと理貴を連れて散歩に行っているだろうって」

どうやら当たっていたらしい。そっとリビング入ってドアを閉めた後、彼女は感心したように頷いた。

「すごい！　さすが志貴。なんでもお見通しなんだ」

寝室とは別にリビングに置いてあるベビーベッドで理貴はすやすやと眠っていた。両手を上げて寝ている姿は、見ているこちらも幸せな気持ちになる。

「そうでもないさ、これ」

そこで隠していた花束を差し出すと、雅はこれでもかというほど目を見開き、俺と花束を交互に見る。花束にはコスモスやダリアが使われ、ピンクやオレンジといった暖色系でまとめられていた。おそらく雅の好みに仕上がっていると思うのだが。

「……どうしたの？」

「どうしたと思う？」

驚いたのが声や表情から伝わってくる。けれどその切り返しはお気に召さなかったらしい。雅は受け取りつつ唇を尖らせた。

「聞き返すの、ずるいよ。……えっと、なにか記念日だっけ？」

そわそわとカレンダーに視線を送る雅に、つい噴き出しそうになった。

「記念日ってほどでもないよ。今日は雅が俺を受け入れてくれた日だから」

その言い方でも雅はピンと来ないらしい。俺はそっと彼女の左手を取った。

「雅が俺からのプロポーズを受け入れて、一生そばにいるのを約束してくれただろ？」

「まさか、わざわざ？」

ようやく今日の意味を理解した雅があたふたと慌て出す。そんな雅が愛らしく、その姿さえ予想していたと言ったら怒るだろうか。雅の左手の薬指には俺と同じデザインの結婚指輪がはめられていた。

出産してからは、新生児を傷つけるのが怖いからと普段は婚約指輪をしていないが、それでも結婚指輪はずっとはめていてくれる。

「ありがとう。ごめんね。私……その、忘れていたわけじゃないけれど、気に留めていられなかったというか……」

花束に視線を送りながら、しどろもどろに申し訳なさそうな顔をする雅の頭をそっと撫でた。

「いいよ。これは感謝の気持ちでもあるんだ。雅、いつもありがとう」

家のことも、理貴のことも。雅はいつも一生懸命で、精いっぱいしてくれている。

「そ、そんな。家事は手を抜いてばかりだし。志貴だって理貴の面倒、よく見てくれて……」

そこで一度言葉を止め、雅はぎゅっと花束を握りしめた後、俺を真っすぐに見つめてきた。

「ありがとう。私、志貴と結婚して幸せだよ」

泣き出しそうな、はにかんだ表情の彼女に衝動的に口づける。

「俺もだよ。いつだって俺の幸せは雅が運んできてくれるんだ」

出会った頃から雅にずっと救われてきた。守っているつもりで俺が守られていたんだ。義理の兄妹からお互い誰よりも大切な存在になって、こうして夫婦として家族として雅と共にいられる幸せを噛みしめる。

今度の週末には家族三人でコスモスを見に出かけよう。一年前、雅と話していた未来を叶えるために。

だからもう少しだけ、せめて理貴が起きるまで彼女を独占していたい。俺だけのものでいてほしいんだ。雅との口づけを堪能しながら、ほのかに香るコスモスの香りに俺は目を細めた。

あとがき

はじめましての方も、お久しぶりですの方もこんにちは。

このたびは『初恋のお義兄様に激愛を刻まれ、禁断の夜に赤ちゃんを授かりました』をお手に取っていただき、またここまで読んでくださってありがとうございます。

今回、初の義兄妹ものに挑戦したわけですが、設定などに頭を悩ませた結果、過保護なヒーローにたっぷり甘やかされるヒロインを書けて、とても満足しています。義兄妹ならではの葛藤や一途な想いなどもたっぷり詰め込みました。

あとは読者さまに少しでも楽しんでいただければと願うばかりです。

ちなみに個人的にお気に入りキャラは由貴です。私の書く次男は、どうしていつもこういう一見お調子者な性格になってしまうのか（笑）。

実は他社さまからの刊行を含めてにはなりますが、今作は私の紙書籍化作品として、ちょうど十作品目になるんです。節目の作品となりました。

ここまで書き続け、作品としてお届けできていること、本当に感謝してもしきれません。読者さまの存在あってこそです。これからもご縁が続きますように。

最後になりましたが、今回も出版の機会を与えてくださったマーマレード文庫編集部の皆さま、いつも作品をよりよいものになるように寄り添ってくださる担当さま、雰囲気たっぷりの美麗な表紙イラストを描いてくださった芒其之一（すすきそのいち）先生。

この作品の出版に携わってくださったすべての方々にお礼を申し上げます。

なにより今、このあとがきまで読んでくださっているあなたさまに心から感謝いたします。本当にありがとうございます。

よろしければ作品の感想などをお聞かせください。お待ちしています。

また、マーマレード文庫さんからの既刊『スパダリ三兄弟シリーズ』を未読の方はこの機会に合わせてお楽しみいただければ幸いです。どうぞよろしくお願いします。

それではまた、どこかでお会いできることを願って。

黒乃梓（くろのあずさ）

マーマレード文庫

初恋のお義兄様に激愛を刻まれ、禁断の夜に赤ちゃんを授かりました

2023年3月15日　第1刷発行　定価はカバーに表示してあります

著者　黒乃 梓

編集　株式会社エースクリエイター
発行人　鈴木幸辰
発行所　株式会社ハーパーコリンズ・ジャパン
東京都千代田区大手町1-5-1
電話　03-6269-2883（営業）
0570-008091（読者サービス係）
印刷・製本　中央精版印刷株式会社

ISBN-978-4-596-76951-0

m a r m a l a d e b u n k o